夏の終わり、透明な君と恋をした

九条 蓮

スターツ出■■■会社

目次

夏の終わり、透明な君と恋をした

序章

夢を見ていた。

白くぼんやりとしていて、あやふやな夢だ。

これは今に始まったことではない。少女はずっと、こうした夢を見ているのだ。

その夢は時折現実と混じっているようにさえ感じて、どこまでが夢でどこからが現実だったのか、彼女にはわからなかった。

視界が白くなったり、暗くなったりはする。夢の中では何処かで走り回ったり遊んだりしている気もした。

だが、実際にそれが現実ではないことを頭の中ではわかっていた。だから彼女はその夢の中を楽しみたくて、全力で遊んだ。

時折、耳元で誰かが囁きかけている。それは彼女の母の声だった。毎日夢の中で母の声が聞こえてきて、彼女はその声に応えるべく、必死に顔を動かしたり瞼を動かしたりしている——つもりだ。

実際にそれが叶っているかはわからない。彼女の身体は、いつからか彼女の意思で動いてくれなくなってしまったのだから。

どれだけの間、そんな日々を過ごしているのだろうか。いつから夢を見ているのか、どれくらいの間夢を見ているのかさえわからなかった。少女には、もう時間という概念がなくなっていたのだ。

ただ、そんな彼女でも、何となく察していることがあった。

それは、意識を覆う白い靄がどんどん濃くなっている、ということ。

この靄に覆い尽くされた時、きっと自分は自分ではなくなってしまう。彼女は混濁した意識の中で、何となくそんな予兆を感じていた。

それほど長い人生ではなかった。高校に入学したばかりで、アルバイトをしたこともなければ、恋や青春もまだ知らない。人としてもまだまだ未熟だ。

もっと世界を知りたかったし、もっと人生を満たしたいと思っていた。いや、当たり前にそうできると思っていたのだ。

だが、彼女にその人生は訪れなかった。こうして白い靄の中で夢を見る以外、何も許されなくなっていたのである。

そして、もうじき夢を見ることさえも許されなくなる——何となく、彼女の意識が自身にそんな警告を発していた。

彼女の世界は、もうすぐ終わる。自分が自分でなくなる。自我がなくなり、自らの願いや希望、そして記憶さえも全て消え去ってしまうのだ。

靄が彼女を包んでいくにつれて、どんどん意識がぼんやりとしていく。自我と記憶が薄れていく様がよくわかった。きっと、水の中に溶けていく砂糖はこんな気持ちなのだろう。

ねえ、待ってよ。そんなの……嫌だよ。

意識が飲み込まれる直前、少女は抗うようにして不満を呟いた。

どうして私だけこんな目に遭わないといけないの？　どうして私だけ、皆が知ってるものを知れないの？　経験できないの？　そんなの……不公平だよ。

不平不満を訴え続ける。

訴えても何も変わらないのは自分が一番よくわかっていた。しかし、きっとここで抗わなければ、もう自分が自分でいられる時間は終わってしまう――そんな予兆を彼女は自身の身体から感じ取っていた。

お願い。私に……もう少しだけ、時間を下さい。神様がいるのかわからないけど、もしいるのなら、ほんの少しでいいから私に希望を持たせて。お願い……お願い！

少女は強く念じた。

何か特別に信仰していた神がいるわけではない。願いを聞き入れてくれるなら、どの神でも良かった。せめて願うしかないのなら、願うことしか許されないなら、願うしかなかった。それが彼女に許された、最後の抗いなのだから。

しかし、彼女の嘆願は虚しく靄に飲み込まれていく。もちろん、何かが起こるはずもなかった。

白い靄に全て覆い尽くされるその瞬間まで、ただ夢を見ることしかできない世界。

それだけが、ただ彼女に許されていた。

その世界も、もうすぐ終わる。この靄が全てを覆い尽くした時には、彼女の世界は完全なる終焉（しゅうえん）を迎えるのだ。

きっと、次が最後の夢かな……。

何となくではあるが、そんな確信があった。自分の身体のことは、自分が一番よくわかっている。おそらく、死期を悟った人間というのはこんな感覚なのだろう。

次に見る夢が最後の時間というのならば、最後の最後まで精一杯生きてやろう。夢の最後まで、自分の人生を生き続けてやる。

少女はそう決心し、最後の夢に身を委ねた。奇跡が起こることを願いながら——。

*

最後に見る夢の世界は、妙に暑かった。いつぶりかというぐらい久々に、全身に暑さを感じていた。

不思議な感覚だった。これまでの夢では、暑さや寒さなど感じたことがなかったのに。

「え……？」

いつもと異なる感覚に違和感を覚えて、少女は恐る恐る瞳を開ける。すると、目の前には驚くべき光景が広がっていた。

そこは、彼女が住んでいた町の景色だった。あまりに再現度が高く、夢だとわかっているのに夢だと思えなかった。

「え……？　え!?」

困惑して自らを見て、また驚く。彼女は高校の制服を身に纏っていたのだ。

この制服は意識が混濁する前まで、毎日着ていたものである。実際にはそれほど長い間着ていたわけではないけれど、この制服と共に色んなものを経験すると信じていた。だが、ある時を境に彼女にはそれすら許されなくなってしまったのだ。

少女は唖然としながら周囲を見渡した。

そこは公園だった。見覚えのある公園だが、どこかはわからない。前に来たことがあるのだろうが、それほど思い入れがある公園ではなかった。

どこだっけ、ここ……？　あっ、図書館の近くかな？

昔の記憶を掘り起こしながら、現在地を思い浮かべる。

確か中学生の頃、図書館帰りによく寄っていた公園だ。特別な想い出がある場所ではないが、人が少なく本を読むのにちょうど良かったのである。

「何でこの公園なんだろ……？」

少女は疑問に思いながらも、周囲を見回す。

木々は青々と茂っていて、風が吹くたびに湿気が身体を覆った。気温やこの湿気からして、今は梅雨か夏であることは間違いなさそうだ。

しかし彼女は今、制服の上着を羽織っている。スカートとブラウスも冬用で、明らかに春の頃合いの出で立ちだ。

それもそのはずである。彼女はこの制服で夏を経験していないのだから。

暑い……。

少女は無意識にブラウスの襟元をばたつかせていた。

ただ、この「暑い」という感覚自体随分と久しぶりで、少女はうっすらと笑みを漏らす。暑いのはあまり好きではなかったが、暑さを感じられたのが嬉しかったのだ。

これは夢、なんだよね……？

とりあえず暑さを和らげるため、制服の上着を脱ぐ。

いつもの夢とはあまりに勝手が異なるので、戸惑いを隠せなかった。普段は受動的で映像を見ているといった感覚に近いのだが、今回は身体の自由が利く。暑さ含め、あまりにリアリティがあったのだ。

あ、そうだ。スマホ！

少女は現実世界の習慣をふと思い出し、上着のポケットに手を突っ込んだ。

毎日の生活の中で肌身離さず持っていたものだ。スマートフォンがあれば調べものができるし、誰かと連絡を取ることができる。そう思ったものの——ポケットの中には何も入っていなかった。

だよね、と彼女は小さく嘆息して、ベンチに座り込んだ。

状況どころか日付さえもわからない。そもそも、ここが自分の知っている世界と同じなのかさえもわからなかった。

ただ、一つ確かなことがある。

それは、自分の意思通りに身体が動いて、意識もはっきりしているということ。これが普段の夢とは大きく異なる点だった。

最後の夢だからリアリティがあるものを見せてやろうという計らいだろうか。

「それならそれで、せめて夏服くらい用意してよ」

少女は不満を口にしながらも、手で自らの顔を扇いだ。

その時だった。ぽつり、と頬に水滴が当たる。その水滴は一滴二滴と増えてきて、次第に強くなっていた。

「雨……？」

久々に感じる水滴の温度と感触に、彼女は驚いて空を見上げた。

暑さに雨。そのどれもがこれまでの夢と異なり、愕然とする他なかった。

そこではっとして、彼女は慌ててブレザーを羽織り直した。暑さはあるが、ブラウスが濡れてしまうよりはマシだ。

服が雨を吸い、徐々に重みを増していくと同時に、その冷たさと不快感が身体を覆っていく。

どこかに行かなければならないのはわかっていたが、いきなり外に放り出されて何の情報もないのでは、どこに行けばいいのかすらわからなかった。スマートフォンや財布もなければ、自分の置かれている状況すらわかっていないのだ。

目を瞑って途方に暮れていると、ふと彼女の身体を影が覆う。それと同時に、傘に雨が当たる音が頭上から聞こえてきて、水滴が当たらなくなった。

「あの……大丈夫か？　あんまり雨に当たると風邪ひくと思うけど」

声が聞こえてきて、少女はぎょっとして目を開けた。

そこには、自分の上に傘をかざしている男の子がいた。彼女と同じ学校の制服を着た、男子生徒だ。彼は心配そうな顔で、彼女を眺めていた。

彼を見たのは初めてだった。だが、その優しそうな顔には不思議と惹かれていった。

それと同時に自らの瞼が熱くなって、頬から何かが零れ落ちる。

夢じゃ……なかったんだ。

今の今まで、夢か現実かの区別がつかなかった。いや、きっとこれは夢だ。本来、自分はこんな場所にいるはずがないのだから。

しかし、同時に完全な夢でもなかった。身体に当たる雨とその冷たさ、湿気、そして今目の前にいる彼が自分を認識していることがそれを証明していた。

少女はこの時悟った。本当にこの夢が自分に残された最後の時間で、この夢で世界への未練を断ち切らなければならないのだ、と。

「あ、えっと……」

同じ学校の制服を着ている少年は、戸惑っていた。

それもそうだろう。この暑い季節に、見知らぬ女生徒が冬服のまま公園で佇んでいて、更には自分を見て涙しているのだ。変な女だと思われたに違いない。

「……とりあえずこのままだと風邪ひくから、どこか入ろっか？」

少年は鞄の中からタオルハンカチを出して、少女の肩に掛けてくれた。

彼女の制服は既に結構な雨を吸ってしまっていて、とてもではないがタオルハンカチで何とかなるものではない。だが、不器用ながらもその男子生徒の優しさに、どこか心が温まった。こうして誰かの優しさを直に感じるのは、彼女にとって随分久しぶりだったからだ。

促されるまま立ち上がって彼を見上げると、彼は困惑しているのか気まずいのかわからないが、目を逸らして頭をぽりぽりと掻いていた。それから何かを思い出したように「あっ、そうだ」と少女の方を向き直った。

「君、名前は？」

「名前ですか？　えっと、柚――」

咄嗟に自分の本名を伝えようとしてしまったが、何となくそれは危険な気がして、既の所で思い留まる。

きっと、今の自分はこの世界にとって異物だ。それを彼女は本能で悟っていた。なればこそ、本名を言うわけにもいかない。

本当の自分はきっと、今もあの場所にいるはずなのだから。

「じゃなくて、えっと……」

「……違うんかい」

彼女の戸惑いに、少年が呆れたようにツッコミを入れた。

それが何だか可笑しくて彼女がぷっと吹き出すと、少年もようやく顔を綻ばせた。

「はい、すみません。間違えちゃいました」

「自分の名前間違うってあるのか？」

少年の言葉に、少女は「ありますっ」と少し怒って返す。

誰かと笑い合ったこと自体久しぶりだったので、それだけで胸が温かくなった。

あまりに唐突で、何一つ理解が追い付かない。しかし、自身が奇跡の中にいることだけはわかった。

そして同時に、もう一つのことを悟っていた。

それはきっと、この優しい少年が自分にとっての最後の奇跡なのだろう、と。

少女はそれを確信して、彼に自らの新しい名を告げた——。

一章　全ては梅雨の終わりから始まった

1

「よっ、海殊！　今日皆でカラオケ行くってなったんだけど、お前も来いよー！」

帰りのホームルームが終わるや否や、滝川海殊の席を友人の須本祐樹が訪れてそう言った。

海殊は小さく溜め息を吐くと、祐樹に申し訳なさそうな笑みを向ける。

「悪い、今日は図書館に寄らないといけないんだ。返却日なんだよ」

言いながら祐樹に鞄の中の本を見せてやる。そこには市立図書館で借りた本が三冊入っていた。

「もうすぐ期末テストだし、ついでに勉強でもしていこうと思って。祐樹も来るか？」

「かーッ、真面目か！　お前、今が何月かわかってんのか⁉」

「は？　七月だろ」

海殊は黒板の文字をちらりと見て言った。

黒板には七月一日と書かれている。一学期最後の月が始まったのだ。そして、それは高校生活最後の一学期期末テストが近いことも意味していた。

海殊の通う海浜法青(かいひんほうせい)高校はカリキュラムが少し変わっていて、学年末考査や夏休みの開始が通常の学校より一週間遅く設定されている。七月の中旬に学年末考査、その後にテスト返却期間があって、夏休みというスケジュール感だ。他の学校よりも夏休みの始まりは遅いが、その分終わるのが遅いため、他の学校の生徒達がえっちらおっちら登校している最中、優雅に夏休みを楽しむことができる。もっとも、他校の生徒が夏休み入りを喜んでいる間、海殊達は重い足取りで登校する羽目になるのだが。

「そうだよ、七月だよ！　七月といえば何があると思う？　そう、夏休みだよ！　夏休みと言えば、お祭りや花火といった恋人のイベントが盛りだくさん。カノジョとこのイベントを迎えるためには今頑張らなきゃいけない。そうだろ？　そのためのカラオケだよ！　僕と一緒にカノジョ作ろうぜ！」

訊いてもいないのに、祐樹が語り出す。

無論、祐樹が何を言い出すかなど海殊もわかっていた。何なら彼が昨年末のクリスマス前から恋人作りに熱心なことも、その全てが失敗に終わっているということも知っている。

それもそのはずで、祐樹はいつも海殊に一緒にカノジョを作ろうと誘ってきていたからだ。その都度、海殊はその誘いを流していたのである。

「悪いな、頑張ってカノジョ作って夏を楽しんでくれ」

海殊は鞄を肩で背負い、手をひらひらとさせて同行の意思がないことを伝えた。

それに対して、祐樹は大袈裟に溜め息を吐いてみせる。

「つれねーなぁ、おい。お前、顔もそこそこ良いし女子ウケも良いんだから、ちゃんとしたらすぐにカノジョくらい作れるだろ」

「んなことないって。祐樹のがモテるよ。んじゃな」

祐樹を待っているであろうクラスの男子が視界の片隅に入ったので、海殊は強引に話を終わらせた。

彼らにも適当に挨拶をして、そのまま教室を出る。祐樹の残念そうな視線が背中に突き刺さっていることには気付いているが、敢えて気付かないふりをした。

図書館には本当に行くつもりだったのだが、目的はテスト勉強だ。本の返却日は明日だし、別に今日わざわざ返却する必要もなかった。ただ、どうにも女子とのカラオケやら合コンやらは気が進まなかった。

もちろん、恋愛には年相応に興味がある。しかし、海殊は周囲の生徒とテンションを合わせたり騒いだりするのが苦手だった。

物は試しだと思って体育祭の打ち上げとやらにも参加してみたが、居心地が悪くて全く楽しめなかった。むしろ、騒いでいることで周囲の客に迷惑をかけているのではないかと申し訳なく思えてしまった程だ。

海殊も社交性がないわけではないのだが、もともと少し冷めた思考があるのか、同年代とはあまり話が合わなかった。そういった性格的な理由も相まって、海殊はあまり祐樹達の恋愛絡みのイベントには参加しないようにしていた。テンション高めな女子と話を合わせるのも苦手だし、そもそも自分が参加したところでムードがプラスに働くとも思えない。

友人の誘いに乗ってやれないことには申し訳なく思っているが、それでも人には向き不向きというものがある。海殊にとっては友達や知らない女子とわいわい騒ぐよりも、ひとりで本を読んだり映画を見たりする方が有意義なのだ。

最近は受験勉強の合間に図書館で読書をするのにハマっていた。物語の中にある思想や人生に触れていると、自らの知見も広げられる気がするからだ。

ただ、それに比例して、どんどん自分の価値観が周囲と乖離していくのを感じていた。現に、海殊は夏休みの恋愛イベントにもショートムービーアプリにもＵｔｕｂｅにも殆ど興味が持てないでいる。

本や映画の感想を言い合えるような異性がいれば別だろうが、生憎と趣味が合う子など周囲にはいない。探せばいるのかもしれないが、積極的に探して回るものでもないだろうし、探すつもりもなかった。

きっと、自分はこのままひとりで過ごすのだろう——何となくだが、海殊はそんな風に自身の未来を予測していた。

＊

「ふう……」

海殊は本を閉じると、小さく息を吐いた。

勉強の息抜きで読み始めた本につい没頭してしまい、最後まで読み切ってしまった。

これは最近の悪い癖なのだが、良い本に出会った時につい時間を忘れてしまうことがある。そうして世界に没入した後に味わう読了感が堪らなく好きなのだ。

読み終えて満ち足りた気持ちと物語が終わってしまったという寂しさが混ざり合った感覚というべきだろうか。作品が良ければ良い程、その満足感と寂しさも大きくなって、更にその感覚を味わいたくて、ついまた新たな本に手を出してしまう。

今読み終えたものは、『君との軌跡』という長編小説だ。何冊にも亘って、主人公とヒロインの出来事や試練、そして互いを信じ合いながら成長していく様が描かれていた。グランドフィナーレでは涙腺が思わず緩んでしまった程だ。

俺もこんな風に誰かを好きになることがあるのだろうか――？

海殊はカウンターに本を返却しつつ、ふとそんなことを考えてしまう。

先程、祐樹には恋愛には興味がないような素振りを見せていたが、もちろん全く興味がないわけではない。海殊がいつも心揺さぶられる作品は恋愛模様を描いているものが多かったし、こんな恋がしてみたいものだ、と毎度思わされていた。きっと心のどこかでは恋に恋をしているのだろう。

だが、それはただモラトリアムの片手間でするような恋愛では味わえないものだとも思っている。もっと心が燃えるような、それ以外のことなどどうでもよくなってしまって、人生を賭して相手の女性を想いたくなる恋愛——何となく海殊が夢見ている恋愛とは、そういった類のものだった。

今読んだ物語の主人公のように、一生懸命人を愛せる日が来るのだろうか。そんな日が来たとして、自分は一生懸命になれるのだろうか。

恋を知らぬ海殊には、自分が人を愛した時にどうなるのか、想像もつかなかった。

「あ、やべ。もう閉館か。急いで帰らないと」

海殊はスマートフォンを見て、時刻を確認する。

午後八時五十五分。それと同時に、閉館のアナウンスが流れ始めた。

この市立図書館は夜九時まで開館しているので、勉強や読書に勤しむ高校生としては大変有り難い施設なのである。

海殊は慌てて身支度をして、その足で図書館を出た。

今日は母親が日勤の日なので、もう帰って夕飯を作って待っているだろう。彼女は自分が早く帰れる日くらい一緒にご飯を食べろとうるさいのである。

「うっわ……降ってきやがった」

海殊は図書館から出るや否や、大きな溜め息を吐いて傘を差す。

日中は晴れていたのだが、今夜は雨の予報が出ていたのだ。念のため傘は持ってきていたが、梅雨の雨ほど鬱陶しいものはない。無駄に汗もかいてしまうし、とにかくジメジメとして気持ちが悪い。

帰路を早歩きで進んでいたが、海殊の足はふと途中で立ち止まった。

そこは、図書館の近くにある公園だ。どこにでもありそうな、住宅街にある普通の公園だった。

だが、その日はいつもと違う点がある。公園の隅っこのベンチに、女の子の姿があったのだ。目を凝らして見てみると、そこには海殊と同じ海浜法青高校の制服を着た女生徒がいた。

きっと、いつもの海殊ならば気にせず帰路を急いだだろう。だが、海殊の足はそこで止まり、視線を奪われていた。そこにいた女生徒の姿が、あまりに不自然でその公園から浮いていたからだ。

今日は七月一日。梅雨らしくジメジメしていて、かなり暑い夜だ。それにもかかわらず——彼女は冬服のブレザーを羽織っていたのである。しかも、鞄すら持っていない。

一見すると、異様で不気味。しかし、海殊は彼女に恐怖心や薄気味悪さを抱かなかった。

それはきっと、公園の街灯に照らされた彼女はどこか浮世離れしていて、それでいて今すぐに消えてしまいそうな儚(はかな)さがあったからだろうか。

少女は日を強く閉じて、どうしてか傘も差さずに雨に打たれている。身体がほんの少し震えているところを見ると、暑いどころか冷えてきてしまっているらしい。

それに気付いた時、海殊の足は自然と少女の方へと向かっていた。

「あの……大丈夫か？　あんまり雨に当たると風邪ひくと思うけど」

彼女の上に傘をかざして声を掛けると、少女は驚いて目を開いて、はっとして海殊を見上げた。

楚々(そそ)だとか清楚(せいそ)だとかいう形容詞がよく似合う子だな、というのが第一印象だった。

背中まである黒髪は艶やかに街灯の光を映しつつ、僅(わず)かながらに雨水を含んでいた。驚いて見開かれたその瞳は長い睫毛(まつげ)を透いて青み掛かった宝石のようで、思わず吸い込まれそうになってしまう。

彼女はその大きな瞳でまじまじと海殊を見つめていた。まるで、話し掛けられたことそのものに驚いているような表情だ。

そして、驚いていたかと思えば——少女の瞳から、一滴の雫が零れ落ちた。

「あ、えっと……」

海殊は困惑した。まさか話し掛けていきなり涙を流されるとは思ってもいなかった。

「……とりあえずこのままだと風邪ひくから、どこか入ろっか？」

海殊は鞄の中からタオルハンカチを取り出して彼女の細い肩に掛けると、精一杯優しい声色でそう提案した。家出でもしたのか、はたまたそれ以外の何かなのかはわからないが、ここにいることが正解とは思えなかった。

少女はこくりと頷くと、海殊に言われるがままに立ち上がった。その拍子に彼女の顔が近くなって、海殊は自らの心臓がどきんと跳ね上がったのを感じた。

艶のある黒髪に加えて、新雪の如く白い肌と薄い唇、そして青み掛かった大きな瞳に形の良い二重。思わず目を奪われてしまったと同時に、気恥ずかしくて見ていられなかった。

どうにも心がむずむずして落ち着かなくて、思わず彼女から視線を逸らして頭を掻く。こんな感覚に陥ったのは、海殊の人生に於いて初めてだった。

「あっ、そうだ。君、名前は？」

海殊は彼女の方へと向き直って訊いた。

そういえば、名前どころかまだ声さえも聞いていなかった。

「名前ですか？　えっと、柚——」

少女がようやく言葉を発したかと思ったが、彼女は何かに気付いたようにはっとして言葉を留めた。

「じゃなくて、えっと……」

「……違うんかい」

思わず海殊はツッコミを入れていた。

そのツッコミが面白かったのかどうかはわからないが、少女はくすっと笑みを零した。そこでようやく海殊も顔を綻ばせる。

「はい、すみません。間違えちゃいました」

少女は眉を下げて困ったように笑った。

「自分の名前間違うってあるのか？」

「ありますっ」

彼女は怒った表情を作ってそう返すが、どこか嬉しそうで、そんな当たり前なやり取りでさえも噛み締めているようだった。

「それで？」

「え？」

少女が不思議そうに首を傾げたので、海殊はもう一度小さく溜め息を吐いた。

どうしてこの子は自分の名前を間違えて嬉しそうにしているのだろうか。彼女はただ、会話そのものを楽しんでいるように思える。自分の名前を間違えてしまったことでさえも。

海殊はその違和感がどうにも拭えず、やや困惑した様子で手のひらを宙に向けた。

「名前。教えてくれないと、何て呼べばいいかわからないだろ」

「あ、そうでした。すみません」

少女はそう言って顔を綻ばせると、姿勢を正した。

「……水谷琴葉です。宜しくお願いします」

水谷琴葉と名乗った少女はそのまま丁寧にお辞儀をする。

「俺は滝川海殊。宜しくな、水谷さん」

海殊がそう言うと、彼女は小さく「あっ」と声を上げた。

「どうした？」

「えっと……名前で呼んでほしい、です。あんまり慣れてなくて」

「名前で？　それは、いいけど」

慣れていない、とはどういうことだろうか。

もしかすると、家庭が複雑なのかもしれない。今の彼女の状況を見ていると、そんな感じだろうと海殊は勝手に推測をして、ひとりで納得した。

「……琴葉さん、でいいかな？」

「呼び捨てでいいですよ。私、後輩なので」

琴葉は海殊のネクタイを見て言った。

海殊達の通う海浜法青高校では学年ごとにネクタイやリボンの色が異なっていて、一年生が青色で二年生が緑色、三年生が赤色で区別されている。彼女の制服の首元は青色のリボンで結ばれているので、一年生だ。

「じゃあ……琴葉」

海殊は自らの頬が少し熱くなったのを感じた。

海殊にとって、女の子の名前を呼び捨てで呼ぶなど初めてだったのだ。そのたどたどしい感じが面白かったのか、琴葉はくすくす笑っていた。

「宜しくお願いしますね、海殊くん」

「待った」

「はい？」

「名前で呼ぶ代わりに琴葉も敬語はやめてくれないか。俺、先輩後輩関係とか慣れてなくてさ。敬語使われると、くすぐったくなっちまうんだ」

何となく恥ずかしかったからか、そんなことを言っていた。

無論、敬語を使われると恥ずかしいといったことはないのだが、自分だけ名前呼びで恥ずかしい思いをさせられているのが気に入らなかったのだ。

「あ、そうなんだ。じゃあ、改めて……宜しくね、海殊くん」

琴葉は面映ゆそうに笑い、改めて挨拶をする。異性を名前で呼び慣れていないのは彼女も同じらしく、少し恥ずかしそうだった。

「こ、琴葉は……どうしたんだよ。家出か何かか？」

海殊はバツの悪い顔をして彼女の名前を呼んだ。どうにも女の子の名前呼びは慣れない。

琴葉は少し言葉を詰まらせたが、ゆっくりと頷いた。

「うん……そんな感じ。ちょっと困ってたから」

助かっちゃった、と彼女は困ったように笑った。本当に困っているように見える。

どうやら、予想通り家出少女だったらしい。親と喧嘩して着の身着のままで出てきてしまった、ということだろうか。それでも、冬服のブレザーを着ている意味がわからないけれども。

「行くあては？　家は帰り難いかもしれないけど、友達の家とか。もし近いんだったら、送っていくよ」

このあたりは治安は良い方だが、このご時世だ。何があるかわからないし、女の子を夜の町に放置するのは気が引けた。万が一何かあったら寝付き悪い。

「えっと……私、友達もいなくて。それで、途方に暮れてて」

琴葉は少し言葉に迷いながら、そうぽそりと漏らした。

なんと、この推定家出少女は友達もいないのだという。話した感じでは人懐っこそうであるし、それほど人見知りするタイプでもなさそうなので、普通に友達もいそうなものなのに。

でも、もし友達がいればこんな公園で佇んでいなかったのかもしれない。見たところ荷物も持っていないみたいだし、スマホや財布も持たずに飛び出してきたのだろうか。

「……スマホとか財布は？」

何となく持っていなさそうなのは雰囲気でわかっていたが、念のため訊いてみた。

今は電子マネーが使える店も多い。財布がなくてもスマートフォンさえ持っていれば何とか過ごせるだろう。

しかし——案の定——琴葉は俯き、首を横に振った。どうやら、財布どころかこの現代社会に於いて必須とも思えるアイテムさえも持っていないらしい。

一体どういう状況なら財布やスマートフォンを持たずに家を飛び出てくるのだろうか。自分に置き換えてみるが、外に出るなら絶対にどちらかは手に持つはずだ。

それに、七月に冬服である。どう考えてものっぴきならない事情がありそうなのは間違いない。ただ、そこに関して初対面の海殊が踏み込むわけにもいかなかった。

「それなら、家まで送ってこうか？」

少し考えた末、海殊はそう尋ねた。

何か力になってあげたいが、他人の自分ができることなどそれくらいが限界だろう。金銭やスマホもなく、行くあてもないならば、帰って親と仲直りするしかない。

しかし、琴葉は海殊の提案に対して、俯いたまま弱々しく首を横に振った。

「帰りたくない、か」

「……うん」

彼女は一瞬答えに躊躇したのか、少し間を置いてから頷いた。

「でも、金もスマホもなくて、泊めてくれる友達もいないんだろ？」

推定家出少女は無言のまま、もう一度申し訳なさそうに頷いた。

「じゃあ、どうすんだよ」

海殊は困惑した様子でもう一度尋ねるが、琴葉からの返答はもちろんない。

何となく放っておけなくて声を掛けてしまったが、かなり面倒なことに手を突っ込んでしまったのかもしれない。どう考えても彼女は訳アリだ。この子がどんな状況に置かれているのか、想像もつかなかった。

「もしかして、警察が必要な事態、とか？」

「そういうのでもないかな……」

琴葉は微苦笑を浮かべると、また視線を落として黙り込んでしまった。それ以上の説明は期待できそうにない。

「……そうか」

海殊は小さく息を吐いて、公園の中心にある時計台へと視線を移した。

時刻は九時半近くなっていた。海殊も、そして琴葉もこのままずっとここにいるわけにはいかないだろう。

参ったな……これは、まずいかもしれない。

こんな厄介事には手を突っ込むべきではないともうひとりの自分が語り掛けていた。どう考えても普通じゃない。深入りすればもっと面倒なことに巻き込まれる可能性さえある。手持ちの金だけ渡し、今夜はどこかで雨宿りして返せる時に返して、と言ってとっとと家に帰るのがきっと正解だ。

でも——

海殊はもう一度琴葉に視線を戻した。

濡れた制服のブレザーに、震える弱々しい細い肩。財布もなく、スマートフォンさえも持っていない。何かを伝えようと口を開こうとしているが、上手く説明できないのか、躊躇してはまた口を噤んでは俯いている。

どこからどう見ても、彼女がこの上なく困っているのは明らかだった。何をどうすればいいのかさえもわからず途方に暮れているようにも思える。

こんな少女を夜の町にひとり置いて家に帰れるだろうか？　そうして帰宅して夕飯を食べて、風呂に入っている自分はどうなんだ？　それは、自分が思い描く自分なのだろうか？

だが、『自分』をベースにして考えると納得できる答えが全然出てこなかった。

それも当たり前だ。海殊はこれまで普通の人生を歩んできた。特に薔薇色でもなく、輝かしい人生でもない、普通の十七歳としての人生だ。そんな普通の人生をベースにしても、この状況下で納得できる回答など出てくるはずがない。

では、物語の主人公なら？　今日読み終えた小説『君との軌跡』の主人公であれば、どうするだろうか？　いくつもの試練を乗り越え、ヒロインとの幸せに至った彼ならば？

そう考えれば、答えは自ずと見つかった。そして不思議とその回答には海殊自身も納得できるものだった。

もしかすると……何かこれまでの自分とは異なる一歩を踏み出す切っ掛けを、海殊自身も欲していたのかもしれない。

海殊は一歩を踏み出す決意をすると、一度深呼吸をしてから、彼女の名を呼んだ。

「あのさ、琴葉」

「うん……？」

海殊の呼び掛けに、琴葉はゆっくりと顔を上げた。その表情はどこか申し訳なさそうで、それでいて明確な答えを出せない自分を責めているようでもあった。

こんな女の子をほったらかして、のこのこ家に帰れるだろうか？　そんなはずがない──海殊はそう自分に言い聞かせ、彼女にこう問い掛けた。

「行くとこないんならさ……うち、来る？」

後半は一瞬声が震えそうになった。

自分でもとんでもないことを言っている自覚はある。一応は同じ学校の後輩とはいえ、初対面の女の子を自宅に誘うなど、常識外れにも程がある。まさかこんな台詞を言う日が自分の人生で訪れるとは思ってもいなかった。

きっと、本来の『海殊』からならば絶対にこんな言葉など出て来なかっただろう。

でも、主人公の『彼』ならどうするか、という考えなら、有り得ない答えも導き出せる。

それに、断られたら断られたでいい。他に行くあてがあるなら、そっちの方が良いのだから。

しかし――

「いい、の……？」

琴葉は海殊の提案に、信じられない、と言いたげに、その青み掛かった大きな瞳を見開いて言葉を漏らしていた。

琴葉の声色は、救いを求めているようで。躊躇しながらも、縋ってもいいのかと確認しているようでもあって。それはまるで、この世界で本当に海殊以外に誰も頼れる人がいないかのようでもあった。

海殊はそんな琴葉に対して、しっかりと頷いてみせる。

「いいよ。他に、行くとこないんだろ？」

「……うん」

「じゃあ、しょうがないさ。一応親はいるから、そこらへんは安心して」

何が『そこらへん』で何に対する『安心』なのかは海殊自身もわかっていないが、琴葉はもう一度「うん」と頷いていた。

「海殊くん」

海殊が歩き出そうとした時に、不意に彼女から名を呼ばれた。

「ん？」と振り返ると、彼女はゆっくりと顔を綻ばせて、こう言った。

「ありがとう」

たった五文字の言葉。でも、そう言った時の琴葉の笑顔はあまりに綺麗で、美しくて、それでいてあどけなさも残っていて。海殊は自らの胸の一番柔らかいところが、きゅっと締め付けられたかのような痛みを感じた。

「構わないさ。とりあえず……いこっか」

「うん」

琴葉は笑顔のまま頷いて、海殊の横に並んだ。

そして、ふたりは公園の出口へと歩み始める。

それは海殊にとっての新たな一歩だった。これまでの自分とは異なる、これまでの自分だったら踏み出さなかったであろう一歩。

では、琴葉にとっては？　彼女にとってはどんな一歩だったのだろう？

海殊はふとそんな疑問が浮かび、こっそりと隣を歩く彼女の横顔を盗み見る。

海殊の視線に気付いた琴葉は、嫣然とした笑みを浮かべ、首をほんの少し傾けただけだった。

2

家に帰っている道中、海殊はこの状況をどう親に説明するかに必死に思考を巡らせていた。

海殊の家は母子家庭だ。母の滝川春子はプログラマーで家を空けることが多いが、女手一つで海殊を不自由なく育ててくれた。どちらかというと男勝りな性格で基本的にノリもよく、何でもかんでも受け入れてくれるのだが——果たして、今回は受け入れてもらえるのだろうか？

海殊は俯いたまま歩く隣の少女をちらりと見た。

隣には見ず知らずの少女がいる。同じ学校の後輩だそうだが、さっき初めて会って話しただけの間柄だ。

何だかのっぴきならない事情で家出をしているらしい、後輩の女の子。そんな子をいきなり連れて帰って、親が宿泊を許可するだろうか。

春子の性格に関していうと、厳格なタイプではない。所謂普通の親のように常識や世間体に囚われるタイプでもないので、事情を話せば受け入れてくれそうな気もしなくもない。海殊が琴葉に提案したのは、ある意味説得できる勝算もあると思っていたからだ。

それに、春子はどうしてか息子の恋愛事情が気になるらしく、事あるごとに『カノジョできた？』と訊いてくる。それに対してはいつも同じ答えを返すしかないのだが、その答えを聞く度に落胆した様子で溜め息を吐いていた。最悪はカノジョということにして、押し通すのもありかもしれない。

そんなことを考えつつも、海殊はふと思う。俺はどうしてここまでこの子のために必死になっているのだろうか、と。

「……？　どうかした？」

海殊の視線を感じた琴葉が不思議そうに首を傾げた。

「いや、何でもない。肩、濡れてないか？」

「うん、大丈夫。ありがとう」

海殊の傘に入れているので、彼女との距離は随分と近い。

こんなに女の子と距離が近づいたのももちろん初めてであったし、無駄に緊張してしまう。ただ、それよりも母親にこの子を泊めてやってほしいと願い出ることの方が遥かに緊張するのだけれど。

「あっ……ねえ。いきなりなんだけど、変なこと訊いてもいい？」

琴葉が不意に海殊を見上げた。

その表情はどこか不安げで、訊いてもいいか迷っているようでもあった。

「何を以てして変なことなのかわからないけど……まあ、俺が答えられる範囲なら」

「その……今日って、何日？」

おずおずとした様子で、琴葉は日付を訊いてきた。

日付を確認するのに何をそんなに躊躇うのだろうか。スマートフォンを持っていないのだし、日付を忘れてしまっても何らおかしくはないのだけれど。

「今日？　今日は七月一日だけど」

「えっと、それは……何年の？」

予想もしていなかった返しに、思わず「は？」と声が漏れた。

宣言通り、本当に変なことを訊かれた気がする。今日が何曜日であったり、何日であったりは日常的に訊かれることはあるだろう。うっかり忘れてしまうことも多いし、特に変な会話ではない。しかし、それが何年かとなると話は違ってくる。彼女の質問はまるで、SF映画でタイムスリップしてきた者が言う台詞だ。

「……二〇二X年の七月」

「え……ッ!?」

海殊がやや躊躇して答えると、琴葉は思いのほか驚いていた。

立ち止まって愕然としたまま、その青み掛かった綺麗な瞳を揺らしている。

「え？　どうした？」

困惑するのは海殊も同じだった。ただ年数を言って、そこまで驚かれるとも思っていなかったので、当然だ。

これが年末年始なら前年と勘違いすることもある。しかし、今はもう七月。二〇二X年になって、もう半年以上が経っているのだ。その年数を忘れてるとは思えないし、確認して驚く意味もわからない。

「う、ううん……何でもない。そうだよ、ね。二〇二X年だよね……何言ってんだろ、私」

海殊の胡乱げな眼差しに気付いたのか、琴葉は誤魔化すように笑って、再び俯いた。表情は見えないが、その肩は沈んでいるようにも見える。

ろくに自分のことを話さず、季節外れな服装で外でひとり佇んでいる少女……そして、今年が何年かと訊いてくる始末だ。それはあまりに不自然だった。

まさか、本当にタイムマシンで過去に戻ってきたとかじゃないよな？　特異点を間違えて戻る予定の時間がズレたとか？

一瞬、そんなSFのようなことを考えてしまう。本の読みすぎだと笑われてしまいそうだが、ちょうどこの前読んだ本がそんな内容だったのだ。なんとなく作中でもこんな会話をしていたように思う。

本当に、この子は何者なんだろうな？

深まる謎。あまりに不自然な存在。それにもかかわらず、海殊は彼女を気味が悪いとは思えなかった。それよりも、何とか彼女を助けたいと思う始末だ。

それはきっと、公園で佇んでいた彼女があまりにも儚げで、寂しそうだったからかもしれない。ここで自分が声を掛けないと、消えてしまうのではないかと思ってしまう程に。

本音を言えば、泊めてもらえるように親を説得するのだから、もう少し理由を話してくれてもいいのにな、と思わないでもない。

しかし、琴葉は行くあてがなくて困り果てていた状況であっても、海殊に事情を語ろうとはしなかった。何度か何かを話そうとしていたところから鑑みても、おそらくは彼女の意思とは無関係のところで言えないのかもしれない。きっと問い詰めたところで、彼女を困らせてしまうだけだろう。ならば、そこを軸には考えない方がいい。

「俺と琴葉は春からの友達で……琴葉の親は、現在旅行中」

「え？」

唐突に海殊が語り出したので、琴葉が驚いてこちらを見上げた。

「あ、悪い。俺らの設定。事情は多分、話したくないんだろうなって思ってさ。親を説得できそうな理由を考えてた」

「……ごめん」

海殊の言葉を聞いて、彼女はしゅんと肩を落として詫(わ)びの言葉を述べた。

その『ごめん』にはどういった意味があるのだろうか。話さなくてごめん、わざわざ言い訳を考えさせてごめん、或(あ)るいは嘘を吐かせてごめん、だろうか。いずれであっても、海殊は「別にいいよ」と返す他ない。

「それで、設定の続きなんだけど……琴葉の親が海外に行ってて暫(しばら)く帰って来ないってのを知って、心配した俺がうちへの宿泊を提案した、ってのはどうだ？　高校生の女の子をずっと家にひとりにしておくのが心配だっていうのは、保護者ならわからないでもないだろ？」

「うん、自然だと思う。頑張って私も話合わせるね」

そう言って笑みを浮かべてみせるものの、やっぱり琴葉はどこか申し訳なさそうで。

海殊に嘘を吐かせることにも、海殊の親に嘘を吐くことも本当は望むところではないのだろう。彼女の浮かべた微苦笑からはうっすらとそんな罪悪感のようなものが滲み出ていた。

「まあ、とりあえず頼むだけ頼んでみるさ。無理でも恨むなよ」

海殊は敢えて突き放した物言いで肩を竦(すく)めた。

そこまで琴葉には罪悪感を持ってほしくはない、というのが本音だ。もちろん夜の公園で彼女を放っておけなかったというのもあるが、それを含めて提案したのは海殊自身の意思である。親に嘘を吐くという罪悪感は、海殊自身が背負うべきものであって、琴葉が背負うべきものではない。

「こんなに親切にしてくれてるのに、恨むわけないよ。ほんとにありがとう」

琴葉も海殊のそんな本心を察したのか、顔を綻ばせた。

「礼は、説得に成功してから言ってくれ」

気恥ずかしさを覚え、海殊は琴葉から視線を逸らした。

そんな海殊の横顔を見上げて、彼女は柔らかい笑みのまま首を横に振り、こう続けた。

「ううん……本当に、感謝してるから。だから、ありがとう」

「じゃあ、そういうことで、後は打ち合わせ通り宜しく」

「うん……頑張る」

琴葉は緊張した面持ちで、海殊の言葉に頷いた。

海殊自身も、いつもとは異なって、家の玄関ドアを開く手に緊張が籠っている。

ここからが正念場だ。打ち合わせもしたし、母親の性格も鑑みればきっと同情してくれる——はずだと信じたい。

だが、これまで女友達など家に呼んだことがないのに、いきなり後輩の女の子を泊めてやってくれ、だ。常識的に考えればなかなかに突飛なお願いで、かなり難易度が高い挑戦でもあった。きっと一般常識を併せ持つ普通の母親ならば、訝しむだろう。

ただ、もう家の扉を開いてしまった。賽は投げられたのである。こっから先はなるようになるしかない。ダメだった時はその時考えよう。そう思っていたが——

「ほんと、ごめんねぇ琴葉ちゃん！　お客さん連れてくるなら海殊も先に言いなさいよ、もっと豪勢な夕飯にしたのに！」

詳しく説明するまでもなく、海殊の母・春子は普通にこの状況を受け入れてしまった。

琴葉に着替えを貸して、濡れた制服を干すと——冬服であることにもノータッチだった——彼女を脱衣所に案内していた。

今は早速彼女の前に取り皿とスプーンを並べている。一方の琴葉は春子の勢いに押されて、たじたじとした様子で席に座らされていた。

夕飯のメニューはタコスだったらしくて、ちょうど三人で食べるには良いメニューだ。テーブルの上にはタコミートと野菜が並べられており、その横にトルティーヤの皮が重ねられている。滝川家では、自分で好きな具材を取ってトルティーヤに載せて食べるスタイルなのだ。

昼から何も食べていなかった海殊は、自らの腹がぐうっと鳴ったのを感じた。

「まさか海殊がガールフレンドを連れてくるだなんてねえ。しかも、こんな可愛らしい子だなんて……あんた、普段女の子に興味ない素振り見せておいて、しっかりしてるじゃない」

春子は嬉しそうにそう言った。挙句に「お母さん、息子の成長に泣けてきちゃったわー!」などと言いながら、よよよと袖で涙を拭う仕草までしている。

ガールフレンドなどとは一言も言っていないのだけれど、勝手に勘違いされてしまっているようだった。海殊としては頭痛を覚えざるを得ない状況だったが、その後の話を持っていくにはむしろ都合が良かった。

「えっと、それで母さん。今、琴葉の親が旅行に行ってるみたいでさ、暫くの間家でひとりなんだ。今のご時世、何があるかわからないだろ? それで、ちょっとの間泊めてやってほしいんだけど——」

「そんなの、良いに決まってるじゃない。二泊でも三泊でも、好きなだけ泊まってもらって。二階の空いてる部屋も使っていいから」

これまた簡単に承諾されてしまって、自分から言い出して信じられない海殊である。

思わず「えええ……」と困惑の声が漏れた程だ。琴葉との打ち合わせも必要なかった。

「あ、琴葉ちゃん。着替えとか歯ブラシとか持ってきてないのよね？」

琴葉が手ぶらだったことから察したのか、早速春子が琴葉に訊いた。

「はい……海殊くんに話したら、その場の勢いで急に決まったもので」

「意外ねー、この子にそんな強引な一面があったなんて。着替えとかは私の貸すから、あとで出しておくわね。洗面台にあるケア用品も自由に使っていいから。足りないものがあったら、海殊に言って」

「は、はい！　ありがとうございます」

琴葉が打ち合わせした通りの返事を一言言っただけで、三つくらい返事が返ってきている。むしろこっちがついて行けておらず、琴葉も完全に春子の勢いに押されていた。

そんなに息子にカノジョがいたのが嬉しかったのだろうか。いや、勝手に勘違いしてくれているだけで、カノジョではないのだけれど。

ノリが良い母親であるし、上手く説得すれば何とか乗り切れるのではないかという勝算はあった。しかし、予想を遥か斜め上にいく速度で話が進んでいて、提案した海殊本人も展開についていけていない。

「それで、琴葉ちゃん。海殊はどんな感じ？　ちゃんと優しくしてもらってる？」

「はい、とっても。ちょっと言葉遣いとかは優しくない時もありますけど」

「あ、わかるわかる！　この子、昔っから口下手なところがあるのよねー。恥ずかしがっちゃって偽悪的に振舞う時もあるし。でも、まあ……根は優しいと思うし、目瞑ってあげてね」

「そうなんですね……！　わかりました！」

完全に海殊を置いてけぼりで、海殊の話をして盛り上がり、親しくなる母と家出少女。母に至っては、もはや海殊よりも琴葉と親しくなっているようにさえ思えた。

海殊はそんなふたりのやり取りを眺めながら、黙々とタコスを食べるしかなかった。

提案しておいて何だが、一番この状況に馴染めていないのは海殊に他ならない。

「海殊とはどうやって知り合ったの？」

「えっと、市立図書館でよく見掛けていて、読んでる本が同じだなーって思って前から気にはなってたんです。それで、同じ学校っていうのもあって、勇気を出して話し掛けてみました。それからは学校でも話すようになって」

「そうなんだー！　琴葉ちゃん、意外にも積極的なんだ？」

「せ、積極的⁉　か、どうかはわかりませんが……頑張りました」

打ち合わせ通り、琴葉が頑張って話を進めてくれていた。これも家までの道中で決めた話で、どうやって出会ったかの馴れ初めだけは決めておいた方が良いと思って急いで理由を考えたのだ。

これまであまり他者と関わる傾向のなかった海殊がいきなり一年生の女子を家に連れてくるのだから、その出会い方に関しては慎重に考える必要があった。実際に琴葉は本が好きだそうで、あの図書館にも通っていた時期があったらしい。話の流れにリアリティを持たせるためにも、図書館で出会った設定はちょうど良かったのだ。

とはいえ、図書館の中で海殊から一年生の女の子に声を掛ける可能性はほぼないので、そこは琴葉から声を掛けた、ということにしてもらった。海殊から話し掛けたと言えば、一発で嘘がバレてしまいそうだと思ったからだ。

それからも琴葉と春子の会話は海殊をネタに、会話に花を咲かせていた。

「え、意外です！　海殊くんって、そういうところもあるんですね！」

「そうなのよ。意外に涙脆いところとかもあるし、動物ものとかすっごい弱いのよ？　他にはねー……」

人の話で勝手に盛り上がるふたりを横目に、海殊は黙々とトルティーヤを丸めては口の中に放り込む。

どういう会話をしているんだ、このふたりは。何で俺の話ばっかしてんだよ。

海殊は内心で不満に思いながらも、こっそりと琴葉を覗き見る。

見知らぬ後輩がいる、見慣れない食卓の風景。いつもよりもテンションが高い母と、その母と楽しそうに話す琴葉。見慣れないものしかないはずなのに、母と琴葉の会話が弾んでいるせいか、あまり不自然さを感じなかった。

何かよくわかんないけど……上手く運んでるなら、いいか。

その光景に、海殊はこっそりと安堵の息を吐く。

思い返してみれば、今日の一連の行動はどれをとっても自分らしくないものばかりだった。見知らぬ女の子に声を掛けるのも、その子を家に誘うのも、普段の自分なら絶対にしない。

しかし、それでも海殊には琴葉を放って帰るなどという選択肢はなかったように思う。そこにあったのは、義務感や使命感。まるで運命に導かれるようにして、琴葉に声を掛けていた。公園で雨に濡れて、不安そうにしている彼女を見過ごせるはずがなかったのである。

そして、今——母と楽しそうに話している琴葉を見て、自分の選択は間違いではなかった、と改めて思うのだった。

＊

「……それで？　あの子は何？」

食事を終えた頃合いで風呂が沸いたので、雨に打たれていた琴葉に先に風呂に入ってもらった時である。春子が唐突に訊いてきた。

「え？」

「カノジョじゃないんでしょ？」

「……わかってたのか」

「そりゃあね。もうかれこれ十七年以上あんたのお母さんやってますから」

さすがに最初はびっくりしたけどね、と春子は付け足して笑った。

海殊は素直に驚いた。彼女は全て嘘だと見抜いた上で、その嘘に付き合っていたのである。

「正直に言うと、俺もわからないんだ」

「はあ？」

「でも、放っておけなかった」

息子の言葉に母は怪訝そうに首を傾げていたが、そう答えるしかなかった。それ以外に、海殊の行動の動機などなかったのだから。

海殊はそれから今日あったこと——即ち、彼女と知り合った過程について話した。

「家出してるの？」

「……多分」

「多分って、あんたねぇ」

息子の答えに、春子は再度呆れ返った様子で嘆息した。

ただ、母のその気持ちは海殊自身が一番よく理解している。これまで息子がやりそうになかったことを立て続けに行っているのだ。彼女が困惑するのも無理もない。

「自分でも、変なことしてるっていう自覚はあるよ」

海殊は先程の公園での光景を思い出しながら、ぽつりぽつりと自らの気持ちを吐露していく。

「でも、琴葉のやつ、凄い困っててさ……それなのに理由を言わないってことは、多分言いたくても言えないんじゃないかって思うんだ。家にも帰れなくて、他に頼れる人も友達もいなくて、誰もいない公園で不安そうにしてて。俺は……そんなあの子を、見て見ぬふりなんてできなかった」

結局のところ、最終的には本音をぶつけるしかなかった。

はっきりいって、今の状況で完全に母親からの理解を得るのは不可能だと思っている。琴葉の事情も説明できない状況で、嘘もバレていたのに気付かないふりをして接してくれていた。それだけで、彼女にはもう頭が上がらなかった。

ならば、もう本音を話して理解を得るしかない。何故海殊がこんな行動に出て、今に至るのか。その動機を嘘偽りなく伝えるのが、筋ではないのかと思うのだ。

春子は海殊の言葉を最後まで聞くと、もう一度大きな溜め息を吐いて、立ち上がった。

「ま、何でもいいけど、無理のない範囲でね」

「え？」

これまた母の意外な言葉に、海殊は驚いて顔を上げた。

今の説明で納得し、このよくわからない状況を受け入れてくれるというのだ。もっと問い詰められるか、或いは軽率だと説教を受けると思っていた。

「とりあえず守ってほしいことは、向こうの親御さんに迷惑を掛けないことかな。それと、もし掛けちゃったなら、すぐにあたしにちゃんと報告するように。あたしも一緒に事情を説明して、謝りに行ってあげるから」

「母さん……」

もともと理解のある親だとは思っていたが、ここまでだとは思わなかった。

家出少女を匿うというのは、色々面倒を引き起こす可能性もある。それなりにリスクもあるはずだ。

だが、それに関して春子は「まあ、学校には行くんなら大丈夫じゃない？」と楽観的だった。どうしても連れ戻したければ保護者が学校まで来るだろうし、その状況になれば、もはや琴葉の家庭の問題なので、タッチするつもりはないと春子は言う。

「どうしてそこまでしてくれるんだ。明らかに俺のとっている行動は変だし、おかしいだろ」

海殊がそう言うと、春子は「まあね」と呆れた様子で眉を下げた。

「でもさ……あんたの母親を十七年以上してるって言ったけど、こうしてあたしに嘘吐いてまで何かしようとしたのは今回が初めてじゃない？　だから、きっと……引けない理由があるのかなって思ったわけよ」

めちゃくちゃ可愛い子だしね、と付け加えて、春子は物言いたげに笑った。

言われてみれば、嘘を吐いたのは初めてだったかもしれない。

海殊は所謂出来の良い子供で、これまでの人生でわがままなども殆ど言った覚えがなかった。それはひとり親過程で、女手一つで自分を育ててくれている春子に心から感謝していたからだ。親にはできるだけ迷惑を掛けないようにして生きなければならないと無意識下に思っていたのである。

「もちろん、何もチェックしてないわけじゃないわよ？　話した感じ、何か裏があるタイプでもないし、色仕掛けをするような子でもなさそうだし……この子なら大丈夫かなって」

「マジか」

なんと、春子は先程の食事中の会話で琴葉の本質に迫るような質問をいくつか投げかけていたらしい。

海殊からすればただの日常会話にしか思えなかったのだが、質問をした時の表情や仕草などから色々な情報を読み取り、その判断に至ったそうだ。女とは恐ろしい生き物である。

「それで……母さんはどう思ったの？　琴葉のこと」

「んー、普通に良い子なんじゃない？　どうして家出なんかするんだろうって思うくらいには優等生ってイメージよ。何かあるんじゃないかって思うけど……でも、あとはあんたと同じかな」

「同じって？」

「なんだか、放っておけなかったのよ。守ってあげたいとかそういう庇護欲とは違うんだけど……力になってあげなくちゃいけないっていう義務感、みたいな感じ？」

海殊は母のその言葉にも驚いた。どうやら、潜在的に自分と同じイメージを春子も抱いていたのだ。

「だから、あんたがそう感じてるなら、全力であの子の力になってあげなさい」

春子は柔和に笑って、そのまま二階へと上がっていった。

琴葉の布団を敷くつもりなのだろう。滝川家は一軒家だが、二階には客間があるのだ。

「まあ……こんなむちゃくちゃな状況を受け入れてくれる器の大きさには感謝してるよ」

海殊は大きく溜め息を吐いて、誰もいないリビングでそう独り言ちた。

とりあえず何とか諸々は乗り越えたらしいことに、まずは安堵する。無論、自分の行動がどこに向かっているかなど、わかるはずがないのだけれど。

自分の部屋に、ほぼ初対面の女の子がいる——海殊はそんなどうしようもないむず痒さと人生で初めての経験に緊張を覚えながらも、お風呂上がりの琴葉をちらりと見る。

自分や母親と同じシャンプーを使っているはずなのに、彼女の長く綺麗な黒髪からは良い匂いがふわふわ漂っていて、その匂いだけで胸の高鳴りを覚えた。

「それで……俺は、どこまで聞いていいんだ？」

海殊は緊張を誤魔化すように、ぶっきらぼうな物言いで琴葉に尋ねた。

海殊の唐突な質問に、本棚を観察していた琴葉が「えっ？」と驚いてこちらへと視線を向ける。

彼女が海殊の部屋を訪れているのは、海殊がどんな本を読んでいるのか知りたい、と言ったからだった。先程、春子との会話で共通の趣味が読書であると言った話の流れで本棚を見せることになったのである。

もちろん、断る理由もないし、読みたいものがあるなら何冊か持って行っていいとも伝えてある。幸い、部屋は掃除したばかりだったので人を招いても問題ない状態ではあったのだが、それでも初対面の女の子が部屋にいるのはどうしてもそわそわしてしまった。

ただ、ちょうどふたりきりになれたし、これからのことや琴葉について聞くには良い機会だ。一応寝泊りできる場所は提供したわけで、もう少し突っ込んだ質問をしても許されるだろう。

「いや、事情とかさ。母さんはあんな感じで楽観的だけど、実際家出状態なんだろ？　警察とかに捜索願出されでもしたら」

「それはないよ」

琴葉は諦めたように笑い、視線を本棚へと戻す。

そこまで断言されるとも思っていなかった。もしかすると、考えていた以上に琴葉の家庭環境は複雑なのかもしれない。

ネグレクト、或いは苗字を『慣れていない』と言ったところからして、再婚夫婦で家庭が上手くいっていないとかだろうか。様々な理由が考えられたが、琴葉はそれ以上語らなかった。

話したくないのか話せないのかはわからないが、無言の拒絶といったところだろうか。

「もしね……？」

暫くの沈黙の後、琴葉がぽつりと漏らした。

「うん？」

「もし、私のことが邪魔だったり迷惑だったりしたら、すぐに言ってね……私、居なくなるから」

「居なくなる？」

彼女の用いた表現に、海殊は違和感を抱いた。

普通、こういった時に用いる言葉は『出て行く』『他を当たる』などの表現が正しいだろう。しかし、彼女は『居なくなる』と言った。それはまるで、自分の存在そのものが消えてしまうような表現だ。

「別に、邪魔でも迷惑でもないさ」

海殊は琴葉の隣に並び、僅かながらに浮いてしまっていた本棚の本をぐっと押し込んだ。

「もし何かあった時に対応できなかったら、大変だろ？　だから、その確認だよ」

「そこは、大丈夫だから」

まるで断言するように言い、琴葉も本棚の本へと手を伸ばした。

これも何だか違和感のある表現だった。まるで〝そうならないこと〟を知っているかのような言葉。本当に未来からきたSF少女なのかと若干疑ってしまう。

だが、その疑いも次の言葉ですぐに晴れた。

「あ、この小説新刊出てたんだ。って、えっ!?　完結してる!?」

琴葉は『想い出と君の狭間で』という恋愛小説の最終巻を手に取ったかと思えば、帯を見て吃驚の声を上げた。

それは海殊が好きな小説の一つで、元芸能人の今カノと現役芸能人の元カノの間で主人公が振り回される恋愛小説だ。一昨年の春、確か海殊が高校に入学する前に一巻が出て、今年の春に三巻で完結している。

もし彼女が本当に未来から来たSF少女なら、この小説が三巻で完結しているのは知っているだろうし、そこに驚くはずがない。

それに、こういった違和感はこれが初めてではなかった。先程お風呂上がりにリビングで琴葉が春子とテレビを見ていた際も、琴葉は半年前に数十年来の有名漫才コンビが解散していたことにも驚いていたし、ある有名人が故人になっていた件についても困惑していた。その様子はまるで、過去から未来に来て、未知の情報に遭遇して驚いているようでもあった。

未来が確定しているかのように断言することもあれば、過去の事象を知って困惑もする。はっきり言って、彼女には不自然なことが多すぎた。

「これ、読んでいい？」

琴葉は二巻と三巻を手に取ると、瞳を輝かせて訊いてくる。

海殊が「どうぞ」と促すと、彼女は早速二巻のページをめくっていた。

「その主人公、結構苛々するよなー。今カノのこと大事にしたいって言ってる割に元カノに呼び出されたら嫌そうな顔しながらもほいほいついて行ってさ、結局罠に引っ掛かってるし。いくら助けを求められたからって、相手の部屋に行くってのもな。それに、最後のバス停のシーンもさ――」

「ちょっと、ネタバレしないでよ！　まだ私、そこまで読んでないんだから」

琴葉は頬を膨らませて、じっと海殊を睨んだ。

危ない。うっかりと最後の結末まで話してしまいそうになった。まだ一巻時点では元カノか今カノかどっちとくっつくかわからない状態だったのを忘れていた。

「もしかして、海殊くんも本のこと話せる友達とかいなかったりする？」

「え、何で？」

「だって、なんかいきなり饒舌になったから。もしかして、話したいのかなって」

「あー……そっか。俺って、本のこと話したかったのか」

琴葉の指摘に、思わず納得してしまう。

実際に、本のことを話せる友達はいない。祐樹や教室で絡む友達は読書をしないので、基本的に本の内容や感想を共有することはないのだ。いつも自分の中だけで感想を咀嚼し、読了感を味わって終わる。

でも、もしかすると、本当は感想を誰かと話し合いたかったのかもしれない。特に『想い出と君の狭間で』はそれほど有名な作品でもないので、知っている人がいて嬉しいと思ったのも事実だ。琴葉の言う通り、何だか口数が多かった気もする。

「あれ？　俺もってことは、琴葉も？」

「うん。私も本のこと話せる人が周りにいなかったの。だから、ひとりで読んで、それでおしまい」

「そっか。同じだな」

「似た者同士だね、私達」

琴葉はどこか嬉しそうにそう言うと、本棚の前で二巻のページをぺらぺらとめくって読み進めていた。

似た者同士かどうかはわからないけれど、同じ本について感想を共有できる人がいると嬉しい、という気持ちに関してはわかる気がした。意図せず口数が多くなってしまったのがその証拠だろう。

「海殊くんは、凛と玲華、どっちが好き？」

数ページめくったところで、琴葉が訊いてきた。

凛と玲華とは、『想い出と君の狭間で』に登場するヒロインで、主人公の今カノと元カノだ。性格が似ているようで真逆で、主人公に対する接し方も全く異なる。好みが分かれるところだ。

「んー……どっちだろうな。玲華の執念も嫌いじゃないけど、真面目でひたむきに頑張る凛の方が好きかな」

海殊は素直な感想を伝えた。

実際にこの小説では今カノの凛が勝つわけなのだが、それは三巻で結末が出る。三巻での玲華の見せ場は胸に来るものがあって、多くの読者が彼女に惹きつけられるのだけれど、そこに関してはネタバレになるので触れない方が良いだろう。

「琴葉は？」

「私も凛派だよ。気が合うね」

琴葉はそう答えると、嬉しそうにくすくす笑った。

その時に見せた彼女の笑顔があまりに可愛くて、海殊は今日何度目かの胸のときめきを感じてしまい、咄嗟に彼女から視線を逸らす。

「で、明日はどうするんだよ」

そんな自分の感情を隠すため、海殊は素っ気ない物言いで話題を変えた。彼女に内面を悟られるのが嫌だったのだ。

「どうするって？」

琴葉はきょとんとして首を傾げた。

「学校だよ。行くんだろ？」

「え……!? あ、えっと……うん。行くよ？」

どこか驚いたような、困惑しているかのような反応だった。

「もしかして、家出な上にサボり？」

「違うから！」

そんなやり取りをするも、それはどこか温かくて楽しくて。海殊は自らの胸の中がぽかぽかとしていくのを感じていた。

誰かとの会話で、こうした感覚になったのは初めてだ。

「じゃあ……この本、借りていい？」

「ああ、お好きにどうぞ。朝、寝坊するなよ」

「うん、ありがとう。おやすみ」

「おやすみ」

そんな挨拶をして、琴葉が部屋から出て行くのを見送る。彼女は海殊の部屋の二つ隣の客間で寝ることになっているのだ。

ほぼ初対面の女の子がうちに来て、更にその子から「おやすみ」と言われる。その何とも不思議な感覚にむず痒さを覚えながらも、海殊は自分の顔がにやけてしまっていることを感じて、思わず頬を叩いた。

こうして、海殊と見ず知らずの家出少女との奇妙な同居生活は始まったのだった。

二章　こうして君に恋をした

1

「いってらっしゃい」

「いってきます」

ふたりの声が重なって、共に同じ玄関から出て行く。

母・春子は戸惑いを覚えている海殊を面白そうに眺めながら、ふたりに手を振っていた。

こうして誰かと共に母に送り出されるなど、海殊にとって初めての経験だ。無論、その重なった声の主は、昨日から突如として居候と化した一年生の水谷琴葉である。

「なんだか新鮮だね」

ふたりで通学路を歩いていると、琴葉がくすくす笑って言った。

「そりゃこっちの台詞だよ……朝から心臓止まりそうになったわけだし」

海殊は眉間を親指と人差し指で押さえながら、大きな溜め息を吐く。

身体を揺すられて目が覚めたと思えば、見知らぬ少女が顔を覗き込んでいたのだ。

朝から声が出せぬ程驚いたのは言うまでもない。

「だって、全然起きてこないんだもん。あのままだと遅刻しちゃってたよ？」

「まあ……確かに」

それを言われてしまうと、ぐうの音も出ない。琴葉が気を利かせて起こしにきてくれたのは、海殊が寝坊しそうになっていたからだ。

基本的に寝坊など殆どしない海殊であるが、今日は目覚ましで起きれなかった。おそらく、昨日は立て続けに変わったことが起きて、かなり精神的に疲れていたのだろう。同じ屋根の下に年が近い女の子がいると思うと、なんだかむずむずして寝付きも悪かった、というのもある。色々と寝坊する要因が重なってしまったのだ。

非日常は刺激的であるが、無意識のうちに精神に疲労が蓄積される。特に、あまりイベントごとには縁のない海殊にとっては、それが顕著だった。

「それなのに、第一声が『ひぃっ』は酷いと思うよ？　傷付いちゃった」

「そりゃ驚きもするだろ。今まで誰かに起こされるなんて経験、したことなかったんだから」

春子は生活が不規則なので、基本的に朝の身支度は海殊ひとりでやっている。それは小学生の頃から変わらない日常だった。それがいきなり、年の近い女の子に起こされたのだ。驚きもするだろう。

明日からは目覚ましをもう一つセットして、寝坊しないようにしなければ。女の子に起こされるというシチュエーションは男子の憧れではあるが、現実にやられると心臓に悪い。

「で、結局夏服やらスマホやらは取りに帰らなくていいのか？」

海殊は横を歩く琴葉をちらりと見て何となしに訊いた。

夏服がないので、彼女は長袖のワイシャツに冬服のスカートという組み合わせで登校している。彼女が今持っている鞄も海殊の予備のものだ。さすがに鞄も持たずに登校は不自然だろうと思い、貸したのである。

「うん。ブレザー脱いじゃえば、そんなに変わらないから。スマホも別に……今はそんなに必要ないし」

琴葉は困り顔でそう答えた。どうやら、意地でも帰る気はないらしい。

ちなみに彼女の鞄の中には、海殊が持っていた小説が何冊か入っている。彼女の興味を引く作品が海殊の本棚には結構あったらしく、貸してほしいと頼まれたのだ。

琴葉の好みは海殊と結構似通っていたので、自然と本についての話題になっていた。

「私が読みたかった本、海殊くんが大抵持ってたから助かっちゃった。今日中に全部読めるかなぁ」

「授業中に読む気じゃないだろうな」

「あ、バレた？」

図星だったらしく、琴葉はぺろっと悪戯っ子みたいに舌を出した。

「読むのはいいけど、授業はちゃんと聞いておけよ。一年で遅れたら、二年以降で取返しつかなくなるから」

「……うん。そうだね。授業はちゃんと聞かなきゃダメだよね」

彼女は微苦笑を浮かべて、視線を落とした。

何だろう？　その苦笑いには、妙な翳りがあった。無理をして笑顔を作ろうとしたけれど、それが上手くいかなかった、という感じだ。声のトーンもどことなく低い。

何かまずいことを言ったかな……？

海殊は気まずくなって、視線を信号機に向けた。ちょうど青色が点滅していたタイミングだったので、一度立ち止まる。

「海殊くんは、点滅してたらちゃんと止まるんだね」

琴葉は赤色に変わった信号機を見て、ぽそりと呟いた。

「ん？　まあ、急いでないからな。あんまり走りたくないし」

スマートフォンの時計を見て、そう答えた。

始業まで時間の余裕は十分だ。わざわざ走る必要もないだろう。

「うん、それがいいよ。点滅したら、無理に渡ろうとしない方がいいと思う」

「……？　そりゃそうだ」

なんだか小学生みたいなやり取りをしているなと思いながらも、海殊は頷いた。

彼女の言葉に誤りはないし、その通りだと思ったからだ。とはいえ、遅刻しそうだったら点滅していても無理に渡ろうと思ってしまうのだけれど。

再度信号が青色に変わってから、ふたり並んで横断歩道を渡った。この横断歩道を渡ってもう少し歩くと、海殊達の通う海浜法青高校だ。学校が近付くにつれて生徒も多くなってきて、海殊は自然と顔を引き締めていた。

「あ、もしかして緊張してる？」

そんな海殊の横顔を見て、琴葉が面白そうに訊いてくる。

「うるさいな。緊張して何が悪いんだよ。女子と登校するなんてなかったんだから、当たり前だろ」

「そうなんだ？」

彼女は嬉しそうにはにかんで、小首を傾げた。

「なんだよ、悪いかよ」

「ううん。私も同じだったから」

琴葉は恥ずかしそうに顔を伏せると、ぽそっとそう呟いた。

「同じなんかい」

「うん。だって、男の子と登校って初めてだもん。緊張しないわけないよ」

海殊のツッコミに琴葉は同意して、頬を染めた。慣れていないと言いつつ、彼女は何処か楽しげだった。

後輩の女の子と一緒に家を出て、一緒に登校する――そんなシチュエーションが自分の人生で訪れるとは思っていなかった。別に皆の注目を一身に浴びているわけではないけれど、隣に女の子がいるというだけで妙に周囲の視線が気になってしまって、何だか恥ずかしい。

でも、それは決して嫌な感情ではなくて、どことなく胸がぽかぽかしているようにも思う。そのせいか、口数も普段より多くなっている気がした。

今は昨夜彼女に貸した小説『想い出と君の狭間で』のサブキャラの話題で盛り上がっていた。

「私、『想君』の中だと愛梨ちゃんが一番好きだなー。友達想いだし、一番大人だと思う」

「確かに。でも、三巻で陽介さんって人が出てくるんだけど、その人も良いキャラしてるんだよな。登場した時はちょっと印象悪いんだけど……」

「あ、それは言わないでよ？　まだそこまで読んでないんだから」

「ちょっとだけネタバレしていいか？」

「ダーメ」

琴葉は少し怒った表情を作って海殊を咎めてから、すぐにまた笑顔を零す。

海殊がたまに冗談を言えば笑ってくれるし、からかえばちょっと怒る。琴葉のころころ変わる表情を見ていると、自然と海殊の口元も緩んでいた。

そこにあったのは、何とも言葉にし難い居心地の良さ。こんな気持ちになれるなら、もっと普段から女子と絡んでおけばよかったかなと一瞬だけ考えて、すぐにそれを否定する。

多分、これはクラスの女子では得られなかった感覚だ。隣にいるのが琴葉だからこそ、彼女の色々な表情を見たくて、普段よりも口数が多くなってしまうのだろう。

そうして彼女と歩く通学路はいつもよりも随分と短く感じて、気付いた頃には学校に着いていた。

「海殊くん、何組なの？」

昇降口で別れようとした時、唐突に琴葉が訊いた。

「ん？　五組だけど」

「三年五組？」

海殊は特に何も考えず、彼女の問いに頷く。

「わかった。じゃあ、また後でね」

　彼女は何か良いことを思い浮かんだというような悪戯っぽい表情をして、鼻歌混じりに一年の教室があるA棟へと歩いていく。この時海殊は一瞬嫌な予感がしたが、それを振り払って三年の教室があるC棟へと歩を進めた。が——その時、唐突に後ろから声を掛けられる。

「おい……おいおいおいおいおいおい！　誰なんだよ、あの子は！」

　声を掛けてきたのは友人の須本祐樹と小川聡だ。所謂、休み時間等によく過ごす友達連中である。

　彼らは琴葉の背を震える指で差しながら、顔を青くしていた。

「おい、海殊！　お前、昨日は全然女の子に興味ない素振りしてたのに、何で女の子と一緒に登校してんだよ!?　しかも可愛いし！　誰だよ、あの子!?」

「A棟ってことはあの子一年生か!?　勉強頑張ってるのかと思ってたのに、俺達に内緒で後輩に手を出してたなんて……！」

　祐樹と聡が激昂して海殊に詰め寄ってくる。

　一番面倒な奴らに見られたな、と思ったが、見られた後ならどうしようもない。

　さっきまでの楽しい気持ちに泥水を差された気分だ。

　海殊は頭痛を覚えながらも、「一年の水谷琴葉だよ」と正直に応えた。祐樹達は他学年の女の子についてもチェックしていると以前言っていたので、当然名前を言えば伝わるかと思ったからだ。

しかし、彼らは意外にも不思議そうに首を傾げ、互いに顔を見合わせた。

「水谷琴葉……？　知らないな。聡、知ってるか？」

「いや、初耳だ。あんな子いたんだなー。全然気付かなかった」

「まあ、一年生まではなかなかチェック行き届かないもんな」

ふたりが何やら互いの反省点やら気付きを語り合っていたので、今のうちと言わんばかりに海殊はさっさと自らの教室へと向かう。

琴葉についてああだこうだ問い詰められるのも面倒だ。今は逃げるが勝ちである。

「おいこら待て海殊！」

「逃がさねえぞ！」

しかし、目ざとく見つかってしまい、すぐに捕まった。左右からふたりに肩を組まれ、ぐらっと身体が左右に揺れる。

「なんだよ、朝から暑苦しいな！」

「なら、さっさとどこで知り合ったか教えたまえ、滝川海殊くん！」

「何で一緒に登校してたのかもな！　白状しやがれ～！」

「俺がどこで何してようが、お前らには関係ないだろーが！」

朝の廊下で、そんなアホみたいなやり取りが繰り広げられる。

あっさりと否定できる関係であったり、偶然に知り合ったような間柄だったりしたならば素直に話せたかもしれない。ただ、海殊と琴葉の関係は簡単に説明できるものでもなかった。変に情報を漏らすと、彼女が居候していることまで話さなければならなくなる。

朝に女の子と登校しただけでこの様だ。事情があってうちに居候している、なんてことまで話せば、どうなるかわからない。

結局、海殊は適当に返答を誤魔化し、言い逃れを図るしかなかった。

「……あ、そういえばさ。さっきの後輩の子、どっかで見たことなかった？」

ようやく琴葉への追及が落ち着いた頃合いで、聡がふと言葉を漏らした。

「あー、そういえばそうかも。でも、誰だったかなー」

「誰か芸能人に似てるとかかな？」

祐樹と聡がそんな会話を交わし、何人かのアイドルや女優の名前を挙げていた。

もちろん海殊は話に入らず、ただ少し距離を空けて、後ろを付いて歩いているだけだった。芸能事情に詳しくないのもあるが、また変な矛先がこちらに向いてやいのやいの言われるのを避けたかったのだ。

あー……朝から酷い目に遭った。

肩を組まれた拍子に痛めた首を回しながら、廊下の窓からA棟を見やった。

そろそろ琴葉は教室に着いた頃合いだろうか。そういえば帰りはどこで待ち合わせをするかといった話は一切していなかった。

まあ、またどこかで会った時でいいか。同じ学校ならどこかで会うだろうし。

そんな楽観的なことを考えながら、視線を祐樹達に戻す。琴葉に似ている人は誰か、という話題は既に終わり今はどの女優が可愛いか、という討論が繰り広げられていた。

いつもと変わらない日常だ。

しかし、そんなさ中でも海殊の思考はつい琴葉の方へと向いていた。

琴葉と話す機会は、昼休みに訪れた。

昼休みに入って、祐樹含むクラスメイト達と昼食を取ろうとした時である。不意に、クラスの女子から「滝川くん」と声を掛けられた。海殊がそちらに顔を向けると、彼女は教室の入り口を親指で指さした。

「お客さんよ。一年生の」

「は……？」

誰だろうと彼女の親指の先に視線を向けると、教室扉の前には楚々だとか清楚だとかの形容詞がよく似合う女の子がいた。手にはお弁当袋とお茶のペットボトルを持っている。

青いリボンを首につけているので、一年生であることは間違いない。そして、海殊を訪ねてくる一年生など、ひとりしか心当たりがなかった。水谷琴葉だ。

琴葉は少し恥ずかしそうにしながら、教室の入り口から海殊に小さく手を振っている。

「ちょ、琴葉!? 何しに来たんだ!?」

祐樹達に問い詰められる前に、海殊は慌てて廊下へと出た。

クラスメイト達が騒然としているが、気にしている余裕はない。いや、気にしたら負けだ。

「えへへ、来ちゃった」

「来ちゃった、じゃないだろ。何しに来たんだよ?」

背中に穴が開きそうなほど視線を感じながら、海殊は再度問い詰める。眉間の奥に激しい頭痛を感じたのは言うまでもない。

どうして彼女がわざわざ海殊の教室に訪れたのか、理解ができなかった。ただでさえ、授業の合間の休み時間中には祐樹と聡から『海殊はいいよなー、可愛い後輩がいて』だの何だの散々ぶちぶち言われて嫉妬をぶつけられたのだ。教室にまで来られたら、何を言われるかわかったものではない。

「お昼、海殊くんと一緒に食べたいなって。ダメ?」

「ダメって……お前、そんなの同じ学年の——」

そう言い掛けて、既の所で思い留まった。昨日彼女が泊めてもらえる友達がいないと言っていたのを思い出したのだ。でなければ、海殊の家に泊める話にはならなかった。

「いや……何でもない。わかったよ。弁当取ってくる」

海殊は琴葉に柔らかい笑みを向けると、自分の席へと戻って弁当箱を取る。

もちろん、席に戻る際は周囲の者と目を合わせず行動は迅速に、だ。今誰かと目が合うと、絶対に何かしらの質問を受ける。現に「え、滝川くんって彼女いたの？」「一年生じゃん。やるー」などという声がクラスの女子からも上がっていた。

いやいや、そういうのじゃないから。そういうこと言うとうるさい奴らがいるから、黙っててくれ。ほんとに。昨日までの俺の生活、マジでどこ行った……？

クラスメイトからの視線や声を感じながら、海殊はもう一度大きな溜め息を吐いた。

雨の日の夜、公園に佇む少女を気にかけてしまったがために、海殊の日常は壊れつつあった。いや、ほぼ壊れていると言っても過言ではない。

それに対して全く後悔がないかと言われれば、嘘になる。海殊はこういった目立ち方をするのに慣れていないし、何より目立ちたくなかったのだ。

海殊は教室前で自分を待つ一年女子に視線を向けた。笑顔を浮かべてはいるものの、琴葉は明らかに緊張していた。

一年生なのに、わざわざ三年生の教室まで来るのに緊張しないはずがない。少なくとも海殊にはできないことだった。しかし、それでも彼女はこうして海殊に会いに来てくれている。

何か、不思議な感覚だよな。

これまでの人生で、女子に呼び出されることなどなかった。それが嬉しくないかと言われれば、素直に嬉しいと思っている自分もいた。

それと同時に、自分が普段読んでいる小説の主人公達はこんな気分なのだろうか、と頭のどこかで考えてしまっている。琴葉が目の前に現れてから、視界や人生が色鮮やかになったように感じた。それはまるで、ヒロインと出会った直後の主人公のように。

「……何笑ってんだよ」

再び琴葉がいる場所まで戻ると、彼女は海殊を見てくすくす笑っていた。照れ臭さを隠せず、ぶっきらぼうな物言いになってしまうのも無理はないだろう。

「海殊くん、顔赤いなって」

「そりゃ赤くもなるだろ……」

「ごめん」

「別にいいけどさ。あと、お前もちょっと顔赤いからな」

「えっ!?」

驚かされたことへの仕返しも込めて、そんな意地悪を言ってから廊下を歩き出す。琴葉は頬を両手で触れて少し恥ずかしそうにすると、慌てて海殊の半歩後ろを歩いていた。

彼女を連れて、なるべく人通りの少ない場所へと向かう。結局辿(たど)り着いた場所は、学校の敷地内の奥まった場所……校舎裏だった。おそらく用務員くらいしか来ないような、静かなところだ。

夏場来るにしては暑いが、ここ以外に人が少ない場所が見当たらなかったのだから、仕方がない。また祐樹達に見つかっても面倒なことになるし、人けのない場所の方が都合が良かった。

「はあ……やっと落ち着ける」

「そうだね」

「誰のせいだ、誰の」

「ごめんってば」

琴葉は舌を出してそう言うと、壁に寄りかかったまま建物に面したコンクリートの部分に腰を下ろした。

「暑いねー……」

「ああ」

雨は昨夜のうちに止み、今日はカンカン照りだ。今年の梅雨明けは例年より早く、週末か週明けには夏になっているらしい。

夏を感じさせる陽射しに加えて、蝉の鳴き声もうっすら耳に入り始めている。もう夏はすぐ目の前まで来ていた。

「明日は教室で食べよ？」

「何でそうなるんだよ」

「だって、暑いし」

「じゃあまず夏服を取りに帰れ」

見ているだけで暑くなってくる長袖のワイシャツを一瞥してそう言ってやる。琴葉は今朝と同じ困り顔で「それもそうだね」と言うだけで、取りに帰るとは言わなかった。

ふたりして、手元のお弁当箱を開く。春子が珍しく今日は早起きをして作ってくれたお弁当だ。中からは普段の弁当からは想像もできないほどの豪勢なおかずが並んでいた。

「わっ。凄いお弁当」

「こんな弁当、初めてなんだけど。母さん、気合入ってんなー」

仕事の関係で春子から弁当を作ってもらった回数もあまり多くないのだが、記憶にある中では最も豪勢な弁当だった。

彼女なりに、何かしらの理由があって気合を入れていたのだろう。それは、昨日の夕食に大して良いものを琴葉に食べさせてやれなかったことを悔やんでいたからだろうか。或いは、『力になってあげなくちゃいけないっていう義務感』から来ているのかもしれない。

それから海殊達は他愛ない話をしながら、春子の作った弁当を食した。話題といっても、彼女に貸した本のことだ。どうやら琴葉は午前中ずっと本を読んでいたらしい。

「お前なぁ……ほんとに大丈夫なのか？　授業聞けよ」

「大丈夫だよ。ちゃんと聞いてるから」

琴葉は海殊から視線を逸らし、誤魔化すようにして答えた。

絶対に嘘だ。彼女の表情を見て、海殊は瞬時にそう確信した。

ただ、読んだ本について楽しそうに語る琴葉を見ていると、どうにもそれを咎める気分にはならない。一年生ならそれでもいいのかな、とさえ思ってしまう。かく言う海殊も一年の頃はろくに授業など聞いていなかった。

それに、彼女の柔らかい口調と声で語られる話はそれだけで海殊の耳を癒（いや）してくれて、もっと聞いていたいと思わされてしまう。

結局琴葉とそうして話しているうちに、昼休みは終わっていた。

「ねえ、滝川くん。ちょっと聞いていい？」

昼休みが終わる頃合に教室に戻ると、先程琴葉の呼び出しを伝えてくれたクラスの女子が声を掛けてきた。

「ん？」

「さっきの子って、お姉さんとかいる？」

予想もしなかった質問だった。てっきり色恋云々（うんぬん）の話を聞かれるのだとばかり思っていたのだ。

もっとも、色恋云々について聞きたそうな奴は視界の隅にふたり程既にいるので、遅いか早いかの違いでしかないのだけれど。

「え？　どうだろう？　聞いたことないな」

というより、琴葉の家族構成など海殊は何も知らなかった。何やら家庭に問題を抱えているようなので、触れていいのかもわからない。

「それがどうかした？」

琴葉のことを知っているのかと思って聞き返してみるも、彼女は「ううん、きっと私の勘違い」と首を横に振った。

「勘違い？」

海殊が怪訝に思ってオウム返しで訊くと、彼女は腕を組んだままこう言った。

「一年生の頃にあの子とよく似た子がクラスにいたなって……そう思っただけだから」

＊

――どうしてこんなことになっているのだろう？

翌日の昼休み、海殊は目の前に広がる光景を見て、そんな感想を抱いていた。

何故か自分の席の向かいに琴葉が座っている。そして、その隣を祐樹と聡が囲んで一緒にお昼を取っていた。

一年生が三年生の教室でお昼を食べるなど、なかなかあることではない。少なくともこの教室では初めて起こった出来事で、奇異なものを見つめる視線がクラスメイトから突き刺さっていた。

諸悪の根源は、もちろん祐樹と聡だ。

昨日と同じく海殊と昼食を食べようと教室に琴葉が来たタイミングで、海殊が出迎える前に祐樹と聡が琴葉を教室の中に迎え入れたのだ。そんなに海殊とご飯食べたいならこっちでどうだ、外は暑いだろう、と色々言いくるめられ、琴葉はそのまま教室の中に連れ込まれてしまった。ふたりは今日も彼女が来るのではないかと待ち構えていたらしい。完全にしてやられた。

琴葉はというと、最初こそ困惑していたが、今ではすっかり祐樹達とも溶け込んでいる。奥手なのかと思っていたが、結構コミュニケーション能力が高くて驚いた。そういえば春子ともすぐ仲良くなっていたし、人と話すのが好きなのかもしれない。

「そんで、琴葉ちゃんと海殊はどんな関係なの？　まさか、付き合ってるとか？」

自己紹介もほどほどに、祐樹のバカが琴葉に訊いた。

さりげなくちゃん付けで呼んでいるところに、思わず苛っとしてしまう。

「そんなわけ──」

「はい、付き合ってます！」

ない、という海殊の言葉は見事に遮られ、代わりに琴葉の爆弾発言が覆い被さってきた。海殊が咳き込んだのは言うまでもない。

「は⁉　え⁉」

「えええええ⁉　海殊がこんな可愛いカノジョを……⁉」

ふたりが困惑の声を上げているが、もっと戸惑っているのは海殊の方だった。

告白した覚えもされた覚えもないのに、いきなり付き合っていることになっているのだ。意味がわからなかった。

「ちょ、ちょっと待て……俺がいつからお前と付き合ったことになってるんだ？」

「一昨日からだよ？」

少し恥ずかしそうな表情を作って、悪戯っぽく海殊を見る琴葉。

いやいや。一昨日は俺達が出会っただけで、付き合ったわけじゃないだろうに。

そうツッコミを入れそうになったが、余計にややこしくなるので言葉にするのはやめた。その一昨日に出会った女の子を家に連れ帰り、居候させているのだ。付き合う付き合わないの話よりもややこしい状態と言えなくもない。

万が一琴葉にそのことをここで言われてしまうと、海殊の高校生活は色々終わってしまう。それこそ何を言われるかわかったものではなかった。

困惑している海殊に対して、琴葉は目元だけで海殊に笑みを作ってみせる。その笑みはまるで『否定すればどうなるかわかっているだろうな？』とでも言いたげだった。

どうやら、彼女としてはこの設定を続けてほしいらしい。反論したらしたで面倒なことになるのは火を見るよりも明らかであるし、琴葉の真意もわからない。とりあえず今は話を合わせておいた方が良いのかもしれない。

海殊はそう判断し、心底大きな溜め息を吐いて「そうだったな」と言葉を押し出した。

本当に、自分らしくない。琴葉と出会ってから、自分らしくないことしか起こっていなかった。

これで満足か、と琴葉に視線を送ると、彼女は彼女で海殊が否定しなかったのが意外だったのか、やや驚いた顔をしていた。それから、無邪気な喜色をその顔に広めていく。

いや、否定しても良かったのかよ……。

内心でそう不満に思わなくもないが、そんなに嬉しそうな顔をされては今更否定できるはずがない。この流れに身を任せるしかなかった。

「それで！　どっちから告ったの⁉　まさか、海殊から⁉」

「いえ、告白は私からです。でも、海殊くんもまんざらでもない感じだったので」

私が勇気を振り絞りました、と琴葉は恥じらいながら付け足した。

知らない間に海殊は彼女から告白されていて、しかも知らない間にまんざらでもない感じになっていたらしい。

どこでどうなればそんな流れになるのかわからないが、変に口を挟むと余計にややこしい状態になりそうだったので、彼女の言葉に合わせて話を作っていく。

琴葉によると、どうやら海殊は市立図書館で琴葉と出会っていたそうで、本棚の高い位置にあった本を海殊が代わりに取ってあげたらしい。それを切っ掛けに仲睦まじくなって、一昨日公園で琴葉から告白したのだという。

なんだ、その恋愛小説でありがちな設定は……っていうかそれ、どっかで読んだことあるぞ。

海殊は眉間の奥に頭痛を感じながら、琴葉の説明に同意していた。もうどうにでもなれ、の気持ちだ。

変に逆らうとどんな設定を付け足されるのかわかったものではないので、とりあえず同意しておく方が楽だった。どうしても否定したい設定が繰り出されたら、そこだけ否定するようにしよう。

まあ……嫌じゃないんだけど、さ。

祐樹達と笑顔で話す琴葉を見て、なんとなくそんな感想を抱いてしまう。

否定しなかったのは、ただ面倒だったからというだけではない。琴葉みたいな子と付き合えたらきっと楽しいだろうな、と心のどこかで思っていたからだ。

それはきっと、出会った当初から彼女を気にかけてしまっていたことや、昨日も追い返さず一緒に昼休みを過ごしたことなどからも証明されている。海殊の中では、琴葉と特別な関係であると周囲から誤認されるということに関して、望んでいた部分もあるのだ。

「そんで、デートは⁉　デートはしたの⁉」

祐樹が琴葉に興味津々な様子で訊いた。

「それが……まだしてなくて。海殊くんも勉強で忙しそうですし」

海殊をちらりと見て、琴葉はしゅんとして視線を落とす。

それを見た祐樹達が「ぬぁにぃ⁉」と身を乗り出して海殊を睨んだ。

「おいこら海殊！　こんな可愛いカノジョがいるのにまだデートに誘ってないってどういうことだ！」

「そーだそーだ！　ふざけんなよこの甲斐性なし！」

「甲斐性なしって……」

更なる頭痛が海殊を襲った。

琴葉はと言うと、ちらりとこちらを見て笑いを堪えている。海殊が困っている様子を見て楽しんでいるようだ。

「そうだ、海殊！　明日休みだから、お前らデートしろ！」

「そーだそーだ！　デートしろ、デート！」

「は⁉」

祐樹と聡からとんでもない提案が出された。

確かに明日は休日である。しかし、だからといっていきなりデートに結びつく意味がわからない。

「いや、でもデートとかしたことないし……」

「それなら僕が手ほどきをしてやる！　僕に任せ——」

「いや、須本。あんたもデートしたことないっしょ」

祐樹がどん、と自らの胸を叩いて自信満々に答えようとしたところ、前の席で聞き耳を立てながらお弁当を食べていたらしいクラスメイト・大野留美が我慢できなかったのか、こちらを振り返ってツッコミを入れた。

ナイスツッコミ、と海殊は心の中で拍手を送った。ちょうど同じツッコミを入れようと思っていたところだったのだ。

「ね、滝川。そういう方面ならあたしのが詳しいと思うし、イイ感じの場所教えてあげよっか」

「えっ？」

大野留美から、予想外な提案がされた。

彼女は巻き髪がよく似合うギャルっぽい雰囲気の女の子で、クラスの中では海殊とは正反対のポジションにいるタイプだ。誰とでも話す性格なので、祐樹や聡はたまに話しているが、海殊とはこれまで殆ど絡みがなかった。

その大野留美が会話に割り込んできただけでも驚きなのに、まさか助言までしてくれるとは思いもよらなかった。

「ね。琴葉ちゃん、だっけ？　琴葉ちゃんもせっかくなら彼氏とデート行きたいでしょ？」

大野留美は文句を言う祐樹を押し退けて琴葉の隣に座ると、琴葉に訊いた。

琴葉は唐突な質問にやや驚きながらも「は、はい！」と頷き、緊張した面持ちをこちらに向けた。

どうやら返事を待たれているらしい。そんな顔をされて、断れるわけがない。

「じゃあ……明日、デートするか？」

海殊は視線を明後日の方向に向けながら、照れ臭そうに訊いた。実際に照れ臭くて堪らなかった。

何で衆人環視（しゅうじんかんし）のもとデートに誘わないといけないんだ。自分ひとりだと誘わないだろうというのも事実だけれど。

「……うん。海殊くんとデート、したいな」

琴葉が心底嬉しそうにはにかんでそう言うものだから、海殊も「わかったよ」と答えるしかない。

その後は大野留美からは激励として背中をバチンと叩かれたり、祐樹達からは嫉妬心から攻撃を受けたりしつつ……何だか嬉しそうにしている琴葉を見ると、余計にむず痒い気持ちになってしまった。

どういうわけか勝手に付き合っていることになっていて、勝手にデートの予定も立てられている。半ば無理矢理であることには変わりない。しかし、海殊の中には「どうにでもなれ」という気持ちの他に、別の感情があったのは言うまでもなかった。

「海殊くん、夕飯何がいい？」

「うーん、何でも」

「その返答が一番困るよ……」

琴葉が海殊の返事に溜め息を吐いて答えて、野菜を見比べる。

ふたりは学校帰りにスーパーに寄っていた。今日は春子が夜勤で帰ってこないので、夕飯を琴葉が作ると言い出したのだ。

ちなみに、お昼のお弁当も琴葉がありあわせで作ったものだった。春子が母親らしさを見せられたのは初日だけで、今日はいつも通り寝ていたのだ。

春子は日によっては会社で寝泊まりすることがある。詳しい仕事内容はよく知らないが、それでも高校生が何不自由なく暮らしていけるだけのお金は稼いでいるので、海殊からすれば感謝する他ない。

そんな母を慮って、大学は学費の少ない国公立を目指しているし、予備校費用も浮かせたいので、可能であれば推薦で決めたいと思っている。もっとも、国公立の推薦枠はかなり少ないので、一般入試対策も平行して行っている次第だ。家でも夕飯を食べた後は勉強していることが多かった。

琴葉はそんな海殊のために、自分がご飯を作ると言い出したのだ。どちらかといえば家事が得意ではない海殊からすれば、有り難い申し出である。

「あ、そうだ。明日はデートだから、お弁当の材料も買わないといけないんだった」

野菜をいくつか買い物かごに入れた後、何かを思い出したように琴葉が言う。

「ほんとに行く気なのかよ」

呆れ顔で、海殊は溜め息を吐いた。

もちろん、琴葉とのデートが嫌なわけではない。彼女と過ごすのは楽しいし、デート的なことに憧れがないわけでもなかった。

でも、経緯がわからなかった。どうして彼女が海殊とデートに行きたがるのか、それ以前に付き合っていると公言したのかの説明は未だないのだ。

「嫌だったら……別に、無理しなくていいよ？」

琴葉がぽつりとそう呟いて、商品棚に手を伸ばした。

その予想外の言葉に、海殊は「えっ」と驚いて彼女を見る。どうしても行きたい、と駄々をこねられるとばかり思っていたからだ。

「だって、半分冗談だったから。海殊くん、恥ずかしがって絶対に否定するだろうなって思ってたし」

「そりゃあ、まあ」

海殊は琴葉が手を伸ばしていた調味料をひょいと横から取って、買い物かごにぽんと投げ入れた。

恥ずかしかったことは否定しない。実際に嫉妬を爆発させた祐樹や聡はかなり面倒臭かったわけだし。大野留美が「そんなんだからあんたらモテないんじゃん」とこちらの肩を持ってくれたおかげで幾分かはマシだったが、それでも面倒なことには変わりなかった。

「だから……勉強とか忙しいなら、別に無理しなくても」

「そういうわけじゃない」

もし本当に嫌なら、きっと全力でデートを拒否していたし、琴葉との関係も否定していただろう。だが、海殊はいずれも否定しなかった。それがきっと答えなのだ。

「幸い、ここ数週間は勉強ばっかしてたからな。その息抜きがてらにちょうど良いと思ったんだ」

照れ隠しか、無意識のうちに海殊は自らの襟足をいじっていた。

慣れないデートが息抜きになんてなるわけがない。どちらかというと、勉強している方が気持ちとしては楽だ。

そんな海殊の本心を読み取ったのか、琴葉はくすりと笑い、悪戯っぽく海殊の横顔を見上げた。

「息抜きも兼ねて、わざわざ午前中から下見に行くんだ？」

「そうだよ。悪いかよ」

海殊は不貞腐れた様子でそう答え、スマートフォンのメッセージアプリを開いた。

そこには【デートの心得】なるものが長文で大野留美から送りつけられている。

デートに行く際は下見に行っておくだの、予め先に回る予定の場所を見て様子を把握しておくだの、色々書いてあった。

昼休みの騒動の後、大野留美がいくつか参考になりそうなデートスポットの紹介記事も送ってくれたのだ。隣の琴葉も「こんな場所あるんだー」と感心しながらその記事を見ていたので、半分くらい下見の意味がなくなっている。

下見したことを悟られずに楽しそうに過ごしてもらってこそ意味があると思うのだけれども、それを見た琴葉は「じゃあ明日はお昼に駅前に集合しよ？」と提案してきたのだ。そこで、海殊の下見をする未来は確定してしまったのである。

実際に海殊にとっては人生で初めてのデートであるし、行き当たりばったりでやり過ごせる自信や経験などない。下見をしておかないと色々と不安なのも間違いなかった。

ちなみに場所に関しては『海殊くんの行きたい場所でいい』と全部任されてしまったのだが、それが一番困る回答だ。せめてどこに行きたいとか言ってくれれば、そこに行けばいいだけなのだけれど。

あ、俺が今夕飯の献立を丸投げしたのも同じようなものか。

そこで、悩ましげに野菜売り場で考えている琴葉の横顔を見てふとそう思い至る。

自分も同じことを彼女にしてしまっていたのだ。

「……俺、今日冷しゃぶがいいな。暑かったし」

そう言うと、琴葉はこちらを見て「わかった！」と顔を輝かせた。

やはり、こちらから提案した方が良いらしい。

「お弁当のおかずもリクエストした方がいい？」

「うん、その方が嬉しいかも。それにしても、どうしたの？」

「え？　何が？」

「さっきまで『何でもいい』って言ってたのに」

海殊は「ああ」と頷きながら、レタスを手に取って買い物かごに入れた。

「さっき、デートコースどこでもいいって言われて困ったからさ。夕飯の『何でもいい』ってそれと同じなのかもなって思って」

「確かに！」

新たな発見だ、とでも言わんばかりに琴葉が手をぽんと叩いた。

「だから、明日どこ行きたいか教えて」

「それは、海殊くんに考えてほしいなぁ」

琴葉は不満げにそう言うと、困り顔で続けた。

「っていうか、ほんと言うと私もわからなかったりして」

「何だそれ」

海殊が嘆息して琴葉を見ると、彼女はその視線から逃げるようにして野菜の商品棚へと視線を移した。

「だって……デートとか、したことないし。正解なんてわからないよ」

「じゃあ何であんなこと言ったんだよ」

正解がわからない上に希望のデートもないというのであれば、わざわざ祐樹達の前でデート宣言などしなくても良かったのではないか。ただ海殊をからかうことだけが目的だったのならば、実際にデートをする必要もないはずである。

「ごめん。でも、してみたかったから」

少しの間を置いて、琴葉がはっきりと言った。

どうせまた濁(にご)されるだろうと思っていたので、海殊は少し驚いて彼女の横顔を見た。

彼女の視線は商品棚に向けられていたが、その表情は真剣で、それは夕飯を考えている、というものではなかった。後悔や不安、緊張……そういった類(たぐい)の感情が、確かにそこにはあったのだ。

「それなら、俺じゃない方が良いだろ。そういうのに疎(うと)いし、全然女の子の喜ばせ方なんて知らないし」

「ううん。海殊くんがいい」

琴葉は恥ずかしそうにはにかむと、そう答えた。

そんな笑顔を見せられたら、期待に応える以外に道はない。全く以てデートなど詳しくはないが、自分にできる精一杯のことをやるしかないだろう。

海殊は覚悟を決めて、柔らかく微笑んだ。

「……そっか。じゃあ、頑張って考えるよ」

「うん。明日、楽しみにしてるね」

琴葉は海殊の返答に満足したのか、嫣然として首を少し傾ける。

彼女の笑顔と期待にむず痒い気持ちを抱きつつも、その甘酸(あまず)っぱさに心地良さも感じてしまっていた。

何だかな、と思わないでもない。受験を控えていて——推薦入試に至ってはもうすぐだ——高校最後の夏休みも目前に迫っている。

そんな自分が、下級生の女の子に引っ張り回されていても良いのだろうか、という気持ちもある。ただ、どうしてか悪い気はしない。剰え楽しいと思えてしまっている次第だ。

まあ、勉強なら別にちゃんとやればいい。明日のお弁当の献立を楽しそうに考える琴葉の横顔を見ると、海殊はそのように考えてしまうのだった。

2

翌日、海殊は街へと出ていた。無論、昨日琴葉と話していたデートの下見というやつだ。クラスメイトの大野留美曰く、そうした下準備をしておけば、デートを難なく運べて女の子を喜ばせることができるらしい。

デートをするならするで琴葉に満足してほしいし、彼女はしっかりとした意思を以て『海殊とデートがしたい』と伝えてくれた。これに応えなくては、男が廃る(すた)というものだ。

「にしても、この街でデートか。自分でも意外過ぎて笑っちゃうな」

海殊は苦い笑みを浮かべながら、スマートフォンでホームページの履歴を開いた。昨夜のうちに街のデートスポットについてある程度目星はつけている。あとは実際に足を運んで、どんな場所かを確認するだけだ。

ここは東京の西部では栄えている街で、学生の住みたい街ナンバーワンなのだと言う。それもあってか、カフェやショップなど様々なジャンルの店があって、デートスポットとしても有名なのだそうだ。

海殊からすればほぼ毎日利用している場所なので、デートスポットとして見たことなど一度もない。海殊の行く場所など本屋か飲食店程度だ。生まれてこの方ずっとこの街で過ごしてきた海殊としては、この街でデートをするという実感もなかった。

えっと、どういう順番で行けばいいのかな？

スマートフォンのデジタル時計は十時を示していた。待ち合わせは十二時だ。お昼に待ち合わせでお弁当を作ってくると言っていたので、先にご飯を食べられる場所を見ておいた方がいいだろう。

海殊はそう思い立って、駅の南口から目的地へと向かった。

最初の目的地は、都立の恩賜公園。比較的大きい上に変化に富んだ景観が楽しめるので、老若男女の人気スポットなのだそうだ。海殊もたまに散歩する公園だが、いつでも人が多いというイメージだった。休日となれば大道芸人や路上ライブミュージシャンなども出て各々の芸を披露していたことを思い出し、確かにデート向きだなと思い至る。

早速その公園を目指して、公園通りを歩いて行った。

公園通りでは、コンビニやカフェの他、インテリアグッズ売り場や洋服店などが立ち並ぶ。どうやらデートというのは、こういった場所を一緒に見て楽しむものだそうだ。

あー……そういえばここのソーセージ、いつも視界に入るけど食べたことないな。

通りに面したドイツ料理屋を見て、ふと思う。そのドイツ料理屋は店内で食事を楽しむことができる他、ソーセージを買い食いできるように店頭販売も行っているのだ。

もしお腹に余裕があったら、ここで買い食いしてみるのもいいかもしれない……って、なるほど。これが下見の意味か。

大野留美に感謝しつつ、メモを書いていく。きっと協力者が祐樹達だったなら、頓珍漢なデート計画を押し付けられていたに違いない。

それから公園をぐるっと回って弁当を食べられそうな場所に目安をつけてから、駅の反対側の商店街の方にも回ってみる。こちらの方は本屋や食べ物屋以外にも、ROFTやデパートなども多い。見て回る分には困らないだろう。

大野留美から送られてきたアドバイスによると、互いの好きなものを分かち合えるデートでなければ意味がないらしい。その自分の好きなものを分かち合えれば互いに良い関係を築けるし、それが分かち合ってもらえなければたとえ付き合ったとしても長続きしないだろうとのことだ。

なるほどな、と思う。確かに、無理をして合わせることもできなくはないだろうが、ずっと続けるとなると難しそうだ。

海殊は目をつけていたアンティークショップとブックカフェへと行く。場所と雰囲気を確認していた頃、スマートフォンがぶるぶるっと震えて、メッセージの着信を教えてくれた。メッセージは母・春子からだった。

【琴葉ちゃん、もう待ち合わせ場所にいるわよ。楽しみにしているがいい！】

どうして春子がわざわざメッセージを送ってくるんだと思ったが、そう言えば琴葉はスマートフォンを持っていないので、彼女の代わりにメッセージを送ったのだろう。後半については意味がわからなかったので、もはや触れようとも思わなかった。

あ、やっべ。もう待ち合わせの十分前じゃんか。

スマートフォンのデジタル時計を指す時間を見ると、時刻は十一時五〇分。真剣に見て回っていたせいで、すっかりと時間を忘れてしまっていたらしい。

やれやれ、すっかりペースにはまってるな。

海殊は普段と異なる自分の休日に呆れながらも、どこか高揚感を隠せないでいたのだった。

琴葉はもう既に待っているらしいので、急いで待ち合わせ場所に向かう。駅ナカの通路を抜けてエスカレーターを上がると、待ち合わせ場所の南口だ。

そういえば【楽しみにしているがいい】って母さんのメッセージに書いてあったけど、何のことだろうか？

海殊はふと春子からのメッセージを思い返すが、その答えはエスカレーターを上がってすぐにわかった。探すまでもなく、一瞬にして人目を惹く女の子が視界に入ってきたのだ。

まるで天使のように白い女の子が、切符販売機の近くで佇んでいた。恥ずかしそうにもじもじとしながら、ランチボックスの取っ手部分を爪でかりかりと削っている。

琴葉は白い無地のボタンデートワンピースを纏っていた。ハイウェストで締められたベルトが、彼女の身体のラインの細さを際立たせている。ポロネックになっているせいか、どことなく大人っぽい雰囲気すら感じさせられた。透け感もあるが、それが決して下品ではなくて、彼女の雰囲気も相まってより清楚さを強めているようにも思える。

遠くから見ても、一瞬で目を奪われて釘付けになってしまった。それほどまでに彼女は美しかったのだ。それを象徴すべく、周囲の男達も彼女に視線を送っている。

琴葉は海殊に気付くと、小さく手を振ってから小走りで駆け寄ってきた。手に持っていたランチボックスが小さく揺れる。

「急がせちゃった？」

「いや、全然。こっちこそなんか待たせちゃってごめんな。てか、その服どうした？」

「あ、うん。今日海殊くんとデートするって言ったら、おばさんが服を買ってくれて」

「ああ、それでか」

そこでようやく春子からのメッセージの意味がわかった。春子が琴葉の服を見繕ったのだろう。

「それで……どう？」

「え？」

「ちょっと大人っぽいかなって思ったんだけど……似合ってる、かな」

琴葉は自信なさげに、上目遣いで訊いてきた。その仕草があまりに可愛くて、海殊の心臓が高鳴る。

「あっ……うん。可愛いと思うよ」

「そ、そっか。ありがとう」

素直に本心を答えると、彼女は面映ゆげにはにかんだ。

「じゃあ、えっと……行こうか」

「うんっ」

こうして、初めてのデートが始まった。

まずは最初に予定していた通り、公園に向かう。お弁当を食べられる場所も予め下見してあるので、場所探しでおろおろする必要もなかった。もちろん、日陰のベストスポットだ。このあたりは下見の成果である。

ただ、彼女は彼女で服を買うために早めに出掛けることになり、予定の半分もお弁当を作れなかったのだと言う。結果、手早く作れるサンドイッチだけになったのだそうだ。

「それなら、後で買い食いでもしようか」

それを聞いて、海殊はすぐさま提案する。先程見掛けた公園通りのドイツ料理屋さんが思い浮かんだのだ。

こうした不測の事態に対応できるのも、下見の成果と言えるだろう。

それから夏の公園できゃっきゃと遊ぶ子供達の声やデートをするカップルを眺めながら、木陰のベンチで琴葉の作ったサンドイッチを食した。

今日から梅雨明けだそうで、天気は良好。夏の陽射しが容赦なく降りかかっているが、それでも木陰にいるとあまり暑さは感じない。ミンミン蝉が喧しく鳴いているけれど、時折吹いてくる涼しい風が心地良かった。

そんな夏の景色が、彼女の作ったサンドイッチの味をより良くしている。

こんな時間を過ごせるとは思わなかったな……。

お茶を飲みつつ原っぱで子供達が炎天下で遊び回るのを眺めながら、ふとそんなことを思う。

海殊はどちらかと言うとインドア派だ。こうして夏に外で昼食をとるという選択肢などこれまでになかった。だが、たまにはこうして自然に触れながら食事をするのも悪くない。

そう思い至った要因は、他でもない。きっと、隣に彼女がいるからだろう——そんなことを考えながら、琴葉をこっそり盗み見る。

彼女は何かを懐かしむような顔で、原っぱで遊び回る子供達を見ていた。

あれ……？

琴葉の表情に、違和感を覚える。その表情は何かを懐かしんでいると同時にやけに寂しそうで、横から見ている限り、少し瞳が潤んでいるようにも見えたのだ。

「琴葉……？」

気になって声を掛けると、彼女は「え？」とこちらを向いて、「あっ」と声を上げた。そして、目尻から零れそうだった涙を慌てて拭う。

「どうした？　どこか具合悪いのか？」

「ち、違う違う。ちょっと目にゴミが入っただけだよ。気にしないで」

そう言って笑う琴葉は、やっぱりどこか寂しげだった。

もっとも、それ以上のことなど海殊には訊けなかった。複雑な家庭環境にありそうな彼女の懐に、どこまで立ち入っていいのか見当がつかなかったからだ。

昼食を終えてからは公園をぐるっと一周回った。

人が集まっていたので何だろうと近寄ってみると、大道芸人が持ち芸を披露していた。先程下見をした時にはいなかった人だ。暑い中汗をかきながら、必死に技を見せている。

中でも、刃物を使った芸は、偽物だとわかっていてもはらはらしてしまう。その芸が成功した時は琴葉と一緒に拍手を送った。「凄い凄い！」と嬉しそうに言う琴葉の笑顔が印象的で、大道芸人には悪いけれど、笑顔の方が見る価値があると思えてしまう。

ただ、きっと海殊のそんな内面を芸人も見抜いていたのだろう。オーディエンス参加型の芸の際に「そこの可愛い子ちゃんの横にいる君！」と見事抜擢されてしまって、前に駆り出されて芸を手伝わされる羽目となったのだ。

結果は、大ミス。高い三輪車に乗る芸人が持つ剣の玩具の上に輪投げを放り投げるだけだったのだが、海殊の投げた輪っかは芸人の顔面に直撃した。周囲の観客は大爆笑で、芸人共々赤っ恥をかくという散々な結末を迎えたのだった。

「ああ……最悪だ。死にたい……」

人前に立つことに慣れていない上に芸人にも恥をかかせてしまった罪悪感から、海殊は蹲（うずくま）った。

一方の琴葉は、そんな海殊を見て楽しそうにしている。

「あんまり気落ちしないで、海殊くん。芸人さんも気にしないでって言ってたでしょ？」

「いや、あれ絶対気休めだろ」

芸が終わった時に、海殊があまりに落ち込んでいるものだから、大道芸人も「よくあることだから気にしないで下さい」と笑って慰（なぐさ）めてくれていた。ただ、内心では怒っているに違いない。目が笑っていなかったのである。

「何で俺を選ぶんだよ……」

「きっと、芸人さんも自分じゃなくて、隣の女の子ばっかり見てる海殊くんが気に入らなかったんじゃないかなー」

「え、何で知ってるんだよ!?」

琴葉の指摘に、海殊が吃驚の声を上げた。盗み見ていることがバレているとは思っていなかったのだ。

「えっ!?」

それに対して驚いてこちらを見たのは琴葉だ。みるみるうちに顔を赤くしていた。

「え？　何？」

「ご、ごめん……恥ずかしがらせようと思って、冗談で言ってみただけだったんだけど」

まさか本当に見てたなんて、と付け足して俯いた。

「えっ……」

互いに墓穴を掘ってしまい、ふたり共黙り込んでしまった。そこから少し気まずい思いをしながら、公園を回ったのだった。

公園を一周してもう一度公園通りに戻ってくると、例のソーセージ屋さんに寄った。

夏場ということもあってテイクアウトで食べる人は少ないらしく、休日にもかかわらず並ばずに済んだのは幸運だ。なお、店内は冷房を求めているお客さんが多いせいか、混んでいた。ジャンボフランクは店頭でそのまま買えて、パンを用いるホットドッグは店内で買わなければならないらしい。

買い食いをして歩きたかったので、ふたりしてジャンボフランクを買った。海殊はノーマルのプレーン、琴葉はほうれん草チーズを注文していた。他にもドイツ串やハムステーキなどがあったが、互いにジャンボフランクを頼んだのは、何となく食べやすそうだったという理由だった。

「美味しっ」

一口食べて、琴葉が顔を綻ばせた。

海殊も「美味いな」と正直な感想を漏らしながら、ソーセージを頬張る。海殊が頼んだのはノーマルタイプだが、ジューシーで肉汁が口の中で溢れてくるのだ。なかなか癖になる味で、もう一本食べたくなってしまう。

「うーん、こんなに美味しいものが近くにあったならわざわざサンドイッチ作らなくてもよかったなぁ」

ほうれん草チーズソーセージを食べながら、琴葉がぽそりと漏らした。

「いや、あれはあれで美味しかったから……あってよかった」

公園は駅周辺にあるので飲食店が多いことは彼女もわかっていたはずだ。それでもわざわざサンドイッチを作ったのは、きっとそれだけ今日という一日を楽しみにしてくれていたのだと思うのだ。その楽しみやワクワクといったものまで否定したくなかった。

少なくとも、海殊にとってはこのデートは人生で初めてで、初めての経験というものは人生で替えが利かないものだ。それこそ、記憶でも消えない限り。

「ほんと？」

「ああ。もっと食べたかったな」

「やったっ。じゃあ、今度はもっとたくさん作るね！」

そう言って嬉しそうにガッツポーズを取る琴葉はやっぱり可愛くて、海殊の頬も緩んだ。

何より、『今度は』という言葉。ここから『また行きたい』という意思も感じられたので、ほっとしたというのもあった。どうやら昨夜から考えていたプランは間違いではなかったらしい。

「あ、そろそろ映画館に行かないと」

海殊は通りにあった柱時計を見て、思わずそう言葉を漏らす。

時刻は三時前。三時半から映画が上映されるのだ。夏場の午後三時頃はかなり暑いので、この時間帯は涼しい映画館で映画でも見て、暑さを凌ぐのが良い——と、大野留美から送られたデート情報サイトに書いてあった。

「映画？　何を見るの？」

「琴葉も知ってるよ」

「……？」

首を傾げる彼女を連れて、そのまま映画館へと向かった。もちろんチケットは先程の下見の際に購入済で、見やすい場所を取っている。

「涼しいー！」

「だろ」

少し胸を張って応える海殊。全てサイトから仕入れた知恵だが、こうして素直に喜んでもらえると、男はそれだけで鼻が高くなってしまうものだ。

「あ、『記憶の片隅に』映画化してたんだ!? 知らなかった！」

映画館の入り口に貼ってあった大きなポスターを見て、驚きの声を上げた。

以前彼女が読んだことがあると言っていた恋愛小説が先週から映画公開されていたのを思い出したのだ。『記憶の片隅に』は『想い出と君の狭間で』と近い内容で、ドロドロな三角関係が売りの物語だ。映画化に伴い、かなりのオリジナル要素が加えられたらしい。SNSの反応を見ている限り、映画での改変がかなり好評だったので、個人的に見たい映画でもあった。

「好きそうだなって思ってさ」

「さすが。よくわかってるね」

琴葉のそんな何ともない一言に、海殊は思わずドキドキしてしまう。彼女の好みを理解できていると思うと、それだけで嬉しかった。

早速売店でポップコーンと飲み物を選んで、上映場所へと入って指定した席に腰掛けた。映画館独特の香りとポップコーンの塩気のある匂いが混じり合い、知らぬ間にテンションが上がってしまう。

「映画館……久しぶりだなぁ」

琴葉は座席に座ると、懐かしむようにしてシートに触れた。

「高校に入る前までは、よく来てたんだけどね」

「高校に入ってからは忙しくなったとか？」

「……うん。そんな感じ」

理由を訊こうと思ったタイミングで、天井の照明が消えて、スクリーンに映画のCMが流れ始めた。

低音が利いていて、身体の芯まで振動が伝わってくる。今はホラー映画の告知で、隣の琴葉が思わず身体をびくっと震わせていた。

ちらりと隣の彼女を覗き見る。久々に映画館で映画を見るという彼女は、瞳をキラキラと輝かせて巨大スクリーンを見つめていた。

忙しかった、か……一体何に忙しかったんだろうな。

海殊から見た琴葉は、普通の女の子だった。たまに突飛な発言や行動はするものの、よく気が利くし、優しくて笑顔の可愛らしい女の子。魅力的で、一緒にいるだけで癒されて、それでいて楽しい気持ちにさせてくれる子だ。

だが、海殊と琴葉の出会いは普通ではない。出会った時の彼女も普通とは言い難かった。

こうして思い返してみると、自分が如何に琴葉について知らないかを思い知らされる。そして、そう思っているうちにどんどん不安になってくるのだ。海殊の知らない琴葉を目の当たりにした時、自分はどんな反応をするのだろうか、と。

そんなことを考えているうちに、映画『記憶の片隅に』が始まったので、海殊もスクリーンへと視線を移す。

所々に感じる彼女への違和感。そんなものを、見て見ぬふり、或いは気のせいだと思うようにしていた。

それはきっと、彼女と過ごす時間が、何よりも楽しかったからだ。

「はぁ……凄かったなぁ」

琴葉が大きな溜め息を吐いてから、コーヒーを啜る。

ふたりは映画を見終えてから、ブックカフェにて映画の余韻に浸っていた。

「まさか、主演女優と助演女優の立場が入れ替わるとは思ってなかったよ……」

「原作好きにもオススメって宣伝されてた理由がよくわかったな」

先程ふたりで見た映画『記憶の片隅に』は原作では主人公の恋人になれなかった女の子が最後に逆転勝利を勝ち取る、というものだった。原作が好きな人からすれば批判が殺到しそうな内容であるが、脚本や演出が良いこともあって、その結末に不自然さがなかった。映画を見た者であれば、誰もがその結末に納得してしまう内容だったのだ。

特に印象的だったのが、原作になかったヒロインふたりの舌戦。まるで本心から言い合っているのではないかと思うほど魂が籠っていて、演技だとわかっているのにハラハラしてしまった程である。役者は凄いなと思わされた瞬間でもあった。

「あのふたりの女優さん、これから人気出そうだね」

「あ、わかるわかる。才覚をここで現したって感じしたよな」

「海殊くんはどっちが好き？」

「そうだなー……」

映画を見た後で、その感想を言い合う――デートらしいといえばデートらしい。

本にせよ映画にせよ、ひとりで見て自分の中だけで感想を抱き、物語を自己の中に咀嚼していくものだと思っていた。

しかし、今回はそうではない。好きなものを共有し合う喜びや、共有することで拡がる考察や気付きも得られた。ひとりで映画を見るのとは全然違う。

悪くないよな、こういうの。

以前『想い出と君の狭間で』の感想を言い合っていた時も思ったが、こうして誰かと作品について語り合って視野を広げるなど、海殊のこれまでの人生にはなかったことだった。

コーヒーとケーキを楽しみながら、映画の感想を言い合って、また盛り上がる。そしてふたりだけの時間が積み重なり、それは記憶となっていく。作品など自分の中だけで完結していればいいと思っていた海殊の人生観を変えた瞬間でもあった。

それからふたりで映画についてああだこうだと話し合い、考察を重ねていく。時間を忘れていて、気付けば時刻は夜の七時前となっていた。

店から出ると、夏といえども薄暗くなっていて、昼間にあった蒸し暑さは随分と和らいでいた。

「そろそろ帰ろうか」

海殊がそう言って歩き出した時、「あ、待って」と琴葉が呼び止めた。振り返ると、彼女は少し悪戯っぽい笑みを浮かべていた。

「最後にあそこ行きたい」

「あそこ？」

「私達が出会った場所」

その言葉で思い当たる場所は、一つしかなかった。

「……あの公園か？」

「うん」

海殊の言葉に、琴葉が嬉しそうに頷く。

「何でまた」

「何となく」

「何だよそれ」

「だって、デートだし」

何となく、と、デートだし、の間に全く繋がりを感じなかったが、きっと突っ込んではいけないのだろう。

「わかったよ。じゃあ、寄るか」

海殊は反論を諦め、肩を竦めて微笑んでみせる。

それから大通りを抜けて閑静な住宅街を歩くこと一〇分、その場所は見えてきた。

何もない寂れた公園。木々が生い茂っていて、錆びてはいないが、少し古そうな遊具しかない。子供達が遊ぶ場所とも思えなかった。そして——あの雨の日の夜、琴葉はそんな公園のベンチで、ひとり寂しそうに座っていたのだ。

彼女は黙ったまま自らが座っていたベンチまで歩み寄ると、手のひらで撫でた。

「……何でここだったんだろうね」

琴葉が唐突に謎の言葉を発したので、海殊は思わず「え？」と顔を上げる。

「ううん、何でもない」

彼女は首を横に振って力なく笑うと、ベンチに腰掛けた。

海殊も何となくそのベンチに近寄って、彼女の隣には座らずに公園を見渡した。まだそれほど遅くないはずなのに、周囲に人はなく帰宅する人達も見受けられない。

もしここでひとりぼっちで座っていたとしたら、どんな気分だろうか。世界に取り残された感覚になるのではないか。そして、あの時の琴葉は——もしかすると、そんな気分だったのではないだろうか。

出会った当初の儚げな彼女の横顔を思い出して、思わずそんなことを考えてしまっていた。

「海殊くん」

「ん？」

「ちょっとしたファンタジーな質問していい？」

「ファンタジー？　まあ、いいけど」

海殊も琴葉の隣に腰掛けて質問を待っていると、彼女は小さく深呼吸をしていた。

「もし、ね？」

彼女はそう前置いてから続けた。

「もし、ある時目覚めたら、自分が全く別の場所にいて、自分がいた時代とも少し違っていて……頼れるものとか何もなかったとしたら、どうする？」

「めちゃくちゃファンタジーだな」

「だから、ファンタジーな質問って言ったでしょ？」

琴葉は困ったように笑ってから、少し首を傾けた。

「うーん……自分の知り合いもいないってこと？」

「うん、誰も知ってる人がいない場所なの。お金とかスマホももちろんないよ？」

「それはきついなぁ……とりあえず近くに優しそうな人がいれば頼って現状を把握するかなぁ」

周囲に知り合いもいなくて、時代も違って、持ち物がない上に頼れるものもないとなると、かなりの一大事だ。困惑するしかないが、困惑していて事態が好転するわけでもない。とりあえず情報を収集するしかないだろう。

「で？　お前は、自分を知ってる人の場所のところに帰らなくていいのか？」

海殊は訊いた。それは『家に帰らなくていいのか』という問いでもあった。

琴葉が家に泊まるようになって、数日が経っている。その間は学校にも行っているが、彼女の親から学校にコンタクトがあったわけでもなければ、捜索願いを出されているわけでもない。

彼女の日常は海殊と共にあって、そこから彼女の以前の日常を何一つ感じられなかった。

「……帰れないんだと思う」

少しの沈黙の後、じっと公園の街灯を見つめたまま、琴葉はそう漏らした。

「帰れないから、私はきっと……ここにいるんだよ」

誰に向けているでもない言葉。それは独り言のようにも思えたし、海殊に言っているようにも思えた。

琴葉はたまに、よくわからないことを言う。文学少女だからそういった哲学的な言い回しが好きなのかなと思っていたのだが、彼女の言葉の端々にはどこか哀愁が漂っていて、どうしてか引っかかりを覚えるのだ。

少しの間だけふたりとも黙っていると、琴葉が立ち上がって「帰ろっか？」と微笑みかけてきた。そこにはいつもの琴葉がいて、先程の違和感はなかった。

「ねえ、海殊くん」

「ん？」

海殊がベンチから立ち上がると、琴葉がこちらを振り返った。彼女は少し照れた表情を浮かべ、唐突にこう言った。

「手、繋いでみたい」

「は⁉」

全く予想もしていなかったお願いに、海殊は思わず吃驚とした声を上げた。

「男の子と手なんて繋いだことないし、せっかくの人生初めてのデートだし……手繋ぎくらいはクリアしたいなって。ダメ？」

「いや、待てって。そんな大事な役割を俺に任せていいのか？　将来の彼氏とか、好きな人とか……そういう、大事な人との時のために取っておいた方がいいと思うんだけど」

「ううん」

琴葉は首を横にふるふると振って続けた。

「海殊くんがいいの」

そう言った時の彼女は嫣然と微笑んではいるものの、どこかしょんぼりと憂(うれ)い沈んでいて、寂寥感(せきりょうかん)をはらんでいた。そんな顔をされて、断れるわけがなかった。

海殊としても、何か不満があるわけではない。彼女と今日一日を過ごして楽しかったし、もっと近づけるものなら近付きたいと思っていた。

だが、彼女が時折見せるこの寂しそうな表情に、どことなく不安を感じてしまう。

そこには、まるでいつかいなくなってしまうのではないか、と思わされるような儚さが纏わりついているのだ。

「……ほら」

海殊は小さく息を吐くと、そっと手を差し出した。

「わ、やったっ」

琴葉は少しだけはしゃいで見せてから、遠慮がちに海殊の手を握った。

海殊も同じく遠慮がちに、そっと彼女の手を握り返す。琴葉の手は温かくて、その体温が彼女の持つ儚さを否定してくれているような気がした。

家までの道のりを、ふたりで手を繋いで帰った。

道中、ずっと心臓が高鳴りっぱなしで手汗の心配ばかりしていたけれど、それは海殊が経験したことがない時間だった。

三章　君の正体と真実と

1

琴葉との初デートを終えてから、およそ二週間の月日が経っていた。学期末の試験は既に終わり、テスト返却期間へと差し掛かっている。これが終われば、夏休みはもうすぐそこだ。

この二週間で何かが大きく変わったわけではない。

琴葉は相変わらず海殊の家から学校に通っているし、昼休みは海殊達の教室に来て過ごしているし、登下校も一緒だ。生活そのものは特に変わっていない。

ただ、変わったこともあった。琴葉は海殊の友人達とも馴染んでいて、今では普通に祐樹や聡、大野留美とも同学年の友達のようになっている。

それ以外では、家の中にあるものが少し変わった。

洗面台には可愛らしい歯ブラシやコップがあるし、琴葉専用のスキンケア用品が置かれている。浴室の中には彼女の長く綺麗な髪をケアするためのトリートメントが加わった他、ファンシーな小物がリビングに少しずつ増えていた。

それに対して、海殊は一切の拒絶感はなく、むしろ、嬉しさを感じていた程だ。

物心がついた頃から、この家では春子とふたりで暮らしていた。殆どが母の趣味で、その色が変わることもなかった。そうして十七年間変わらなかったものが、少しずつ変わってきている気がして、それが嬉しかったのだ。

きっと、他の誰かによる変化ならば、気に喰わないことも出ていたのだろう。しかし、今ある変化は琴葉によるもので、この家に彼女が住んでいるという実感を湧かせるものだった。嫌であるはずがない。

今では毎朝起こしにくる彼女も、春子と三人でする食事も、テレビや映画を彼女と共に見る時間も、海殊にとっては必要不可欠なものとなっていた。無論、お風呂上りの琴葉を見てドキドキする気持ちも、彼女から漂う甘い香りも必要不可欠だ。刺激的でありながらも穏やかで、満たされた時間——これが、琴葉との同居生活で得たものだった。

「あんた、最近変わったわね」

琴葉が先に風呂に入っている時だった。春子が唐突にそんなことを言い出した。

「変わったって？」

「んー？　何か、いい顔するようになったじゃんって」

大きな氷の入ったグラスにウイスキーを注ぎながら、春子が答えた。

彼女は翌日の出勤が遅い時間帯である日、こうしてウイスキーをひとりで嗜んでいる。海殊はその際の話し相手になる時もあれば、ならない時もあった。最近では琴葉が彼女の話し相手になってくれているので、若干助かっている。

「何だそれ。俺は何も変わってないよ」

海殊はテレビのチャンネルを変えながら、小さく溜め息を吐いた。

「言うなら、大人になったって感じ？」

「まだ一杯目だろ。もう酔ってんのかよ」

「残念でした！　まだ一口も飲んでませぇん」

腹が立つ顔をしながら、春子が言う。

海殊も彼女が酔っていないことは知っていた。しかし、何だか悪戯っぽく息子を見るその顔が気に入らなくて、敢えてそんな物言いをしてしまったのだ。

「うぜえ」

海殊はそう小さく漏らして、視線をテレビに送った。

テレビはくだらない番組しかないし、目の前の母親はくだらないことで息子に絡んでくるしで、うざったいことこの上ない。

春子はくすくす笑って、グラスに口を付けた。

「……男が変わる理由は、良くも悪くも女よ」

暫く無言で酒を嗜んでいたかと思えば、母が唐突に意味深な発言をした。

「は？」

「男が変わる時、その裏には必ず女がいるの。あなたのお父さんだって、そうだったんだから」

どこか懐かしむようにして、春子は微笑んだ。

父親は、海殊が物心つく前に病気で他界した。海殊にとって父の記憶はほぼないに等しく、生前に撮られた写真や動画の中だけでしか見たことがなかった。

「あなたのお父さん、出会った頃は本当にダサくてさー。如何にも彼女いない歴＝年齢ですって感じで、会話も面白くなくて。この人はないわーって思ったのよね」

可笑しそうに笑いながら、酷いことを言う。もし父の霊というものが存在してこの会話を聞いていたならば、ポルダーガイストでも起こしそうだ。

「でもね……そんなダサかったお父さんが、どんどんかっこよくなっていったの。それで、いつかあたしの方が好きになっちゃってて、最終的に付き合ったってわけ」

母は小さく息を吐いて、グラスのウイスキーをほんの少しだけ口に含んでから続けた。

「あの人はね、あたしと出会って変わったの。きっとあたしの気を惹くために努力してたんでしょうね」

堅物（かたぶつ）のくせに可愛いとこあったのよねえ、と春子は目を細めた。その表情は穏やかで、青々として刺激的だった日々を懐かしむようでもあった。

彼女の笑みを見た時、海殊は春子が再婚どころか新しい彼氏さえ作らなかった理由を悟った。きっと彼女は、今も尚亡き夫を愛しているのだ。新しい人など考えられない、という程に。

「ま、何にせよ……そういう気持ちがあるなら、早めにね」

春子は表情を神妙なものに変えると、息子を見据えてそう言った。

「え？」

「まさかあんた、いつまでもこの生活が続くと思ってるの？　そんなわけないわ。遅かれ早かれ、この生活は終わるのよ」

からん、と母のウイスキーグラスの中で氷が音を鳴らした。

そのまま片手でグラスを持って、くるくると回す。からからと氷の音が、居間に響いていた。

なるべく考えないようにしていたことだった。だが、それは現実問題として当然だ。

琴葉は家出をしていて、一時的にうちで預かっているに過ぎない。そもそも、二週間以上何の音沙汰もなくこの生活が続いていることそれ自体が奇跡的なのである。

そして、その終わりはいつ訪れるかわからない。琴葉が帰ると決断した時、或いは彼女の両親が彼女を迎えに来た時、この生活はその瞬間に終わってしまう。今は奇跡のような時間が続いているだけなのだ。

「もちろん、あたしだって琴葉ちゃんは大好きよ？　居てくれるっていうなら、ずっと居てほしいと思ってるわ」

少し氷が溶けて薄くなったウイスキーを、ぐびっと飲み干す。

「でも、そういうわけにもいかないでしょ？　あの子にはあの子の帰るべき場所がある。いつかは帰ることになるわ。そこをしっかりと認識しておくべきよ」

春子はそう言ってから立ち上がると、流しにグラスを置いて「酔ったからお風呂は明日入るわ」と寝室へと行ってしまった。

「そんなこと……言われなくても、わかってるさ」

誰もいなくなった居間で、海殊はそう独り言ちた。

＊

その二日後のことだった。今夏になってから初めて大きめの台風が発生して、久々に大雨が降った。どうやら台風はこちらに直進しているらしく、明日にはこの地域一帯が暴風域に覆われるそうだ。現時点で風も強く、嵐みたいになっている。

「やっべぇな、この風。傘が何の役割も果たさない」

海殊は風によって壊れた傘を近くのゴミ箱に放り込むと、大きな溜め息を吐いた。

「これだけ風もあると、傘があってもなくても変わらないね。帰ったらお風呂入らないと」

琴葉も困ったように笑って、傘を閉じた。

その長い髪は雨を吸ってべったりと彼女の頬にくっついていて、白いワイシャツもその細い身体にぴったり引っ付いていた。

海殊はそっと透けた肌から目を逸らして雨の中をさっさか歩き出すと、琴葉もその後に続いた。

風と雨の音が大きくて会話をする気にもならず、そのまま歩いていた時だった。川沿いを歩いていると、琴葉が唐突に海殊の腕を掴んだ。

「ねえってば」

「え？」

「さっきから呼んでるのに」

「え、あ。ごめん」

雨風の音で彼女から呼ばれていたのに気付かなかったらしい。

「どうした？」

「あそこ……」

海殊の手を掴んでいた手で、彼女は川の方を指さした。

彼女の指先を視線で追うと、その先には子猫がいた。猫は大きめのバケツの中にいて、中州に引っかかった流木に引っかかってしまっている。子猫は増水した川に怯えて動けなくなってしまったようで、弱々しく助けを求める鳴き声を微かに上げていた。

「猫か……何であんなところに」

おそらく、川に落ちてしまった拍子に何かに掴まったのだろう。このまま放っておくとそう遠くない未来にこの子猫は川に流されてしまうのは間違いない。

「海殊くん」

琴葉が懇願するようにこちらをじっと見つめていた。

その視線から、彼女が言わんとしていることも伝わってくる。

「……わかってるよ。助けたいんだろ？」

海殊がそう答えると、琴葉は顔を輝かせて頷き、我先にと河辺へと降りていった。

子猫の存在に気付いてなければ何も気にならないが、存在に気付いてしまったならば見捨てるわけにはいかないだろう。

海殊はやれやれと肩を竦めると、琴葉に続いて河辺まで下りた。彼女の横に並び、自身も川を覗き込んで流れを確認する。

川自体は大きなものではないし、まだそれほど増水しているわけではない。しかし、普段よりは確実に水が多く、また流れも速かった。濁流のせいで深さもわからないが、普段よりも水位が高いことは間違いないだろう。足が届く保証などもちろんない。

「泳ぐのはさすがに危険か……」

「でも、このままだとあの子が流されちゃう……私、助けに行ってくる！」

「いや、待てって！　この流れだぞ。辿り着く前に流されるっての」

ハラハラした様子で今にも飛び込まん勢いの琴葉を慌てて制止する。

琴葉がどの程度泳げるのかはわからないが、さすがに危険だ。

何かあっちに届きそうなものは……？

周囲を見渡すが、子猫のいる中州まで届きそうなものなどそう簡単に落ちているわけもない。

かといって、誰かに助けを求められるものでもなかった。これが人間の子供であったならば近くの大人を呼びに行ったり一一九番にでも電話をしたりすれば良いのだが、ただの子猫だ。

諦めるしかないのか——そう思っていた時だった。

海殊のすぐ傍から、ざぶん、と大きなものが水に落ちた音が聞こえた。

「え……は!?」

隣を慌てて見ると、鞄と傘が地面に置かれていたが、その持ち主がいない。

川の方を見てみると、そこには制服姿のまま泳ぐ琴葉の姿があった。

「なっ、琴葉!? お前、何やってんだよ！」

飛び込んだ琴葉に向かって叫ぶが、彼女の耳には届かない。

まだ流れはそれほど強くないにせよ、台風前の川に飛び込むなどあまりに危険だ。流れが普段より速いだけでなく、流木やゴミなど色んなものが流れてきているのである。プールで泳ぐのとはわけが違う。

しかし、彼女は泳ぎが得意だったようで、子猫がいる中州に何とか辿り着いていた、彼女は子猫をそっと抱き寄せると、「もう怖くないよ」と語り掛ける。

「バカ、お前！　どうやってこっち戻ってくるんだよ！」

海殊は中州にいる琴葉へと怒号を飛ばした。

そうなのだ。ひとりで泳ぐのも大変な状況にもかかわらず、子猫を抱えたまま泳ぐのは多少水泳ができる程度では難しい。

「頑張るから！」

「頑張るって……お前な」

頑張って何とかなるものでもないだろうと思ったが、今更何を言っても後の祭りである。実際にあの中州がいつまで保つかはわからない。

人が通っていれば助けを求められるものの、周囲を見渡しても嵐の中外を出歩いている奇特な人などいない。

誰かを呼びに行くか？とも思ったが、それまで琴葉達の足場が持つかどうかもわからない。もし戻ってきた時に彼女らが流されていれば、後悔してもし切れないだろう。

海殊のそんな表情から覚悟を決めたのか、琴葉は顔を引き締める。

「苦しいかもしれないけど、ちょっとだけ我慢してね」

琴葉はそう囁いて、子猫の額にキスをする。そして、足からゆっくりと川に浸かり、子猫の顔が水に浸からないようにして海殊のいる岸へと目指し始めた。

「おい、琴葉⁉」

海殊が悲鳴にも似た声を上げた。まさか、子猫を抱えたまま泳ぎ出すとは考えていなかった。

水泳に自信があるのかもしれないが、子猫がいるのといないのとでは状況が全く異なる。実際に、両手を使って泳げていた行きと、子猫を抱えながら泳ぐ帰りでは全く速度が違っている。泳ぎ難そうで、琴葉の方が息継ぎに苦労していて、水を飲み込んでしまったのか、ごほごほ咳き込んでいる。

——ばっか野郎！

琴葉が咳き込んだのを見た瞬間、海殊も鞄を放り投げて川に身を投げていた。

考えてした行動ではなかった。苦しそうにしている彼女を見ていられなくて、身体が勝手に動いていたのだ。

増水して流れの速さを増した川は想像していた以上に泳ぎ難くて、思うように前に進まなかった。流されないように、少しでも琴葉のところへ近付くので精一杯だ。

きっと、溺れている誰かを助けようと思って一緒に流されてしまう事例はこうして生まれるのだろう──濁流の中を必死に泳ぎながら、海殊はそんなことを頭の片隅で考えていた。

琴葉の近くまで辿り着いた時には、彼女の顔は半分沈んでしまっていた状態だった。何とか子猫だけは呼吸ができるよう、口元が水に浸からないようにして腕を伸ばしている、といった様子だ。

海殊は彼女の腰を抱き上げて、その身体を水面へと押し上げる。

「ごほっごほっ！　って、え!?　何で海殊くんまで！」

「いいから、ちゃんと猫落とさないように持ってろよ。別に俺は泳ぎが得意なわけじゃないんだから！」

そんな意味のわからない返答をしながら子猫を落とさないようにふたりで協力して必死に河川敷へと向かう。

そこからは、よく覚えていなかった。足が着くところまで辿り着いた時の安堵感といったらない。九死に一生を得た、という感覚だろうか。もと居た場所に戻ってこれた時にはふたりして膝から崩れ落ちてしまった。

「た、助かった」

「はぁ……良かったぁ……」

琴葉はびしょびしょの体で、同じくびしょびしょな子猫をぎゅっと抱き締めながら、そう呟いていた。

もともと雨でびしょびしょだったとは言え、雨水と川の汚水では水の状態が異なる。お互い身体からは異臭を放っていて、臭くて堪らなかった。

「お前な……無茶苦茶しすぎだ。川に飛び込むとか、心臓が止まるかと思っただろ」

泳いでいる最中は何と言って怒鳴りつけてやろうかと思っていたが、今となっては安堵と疲労で怒る気力さえなくなっていた。

「それはこっちの台詞だよ。どうして飛び込んだりしたの？　もし溺れたらどうするつもりだったの」

どうしてか、琴葉の方が叱責してくる。少し納得がいかなかった。

「お前が溺れそうになってたからだろ。目の前で同居人に溺れられて、何もするなって方が無理だ」

「ごめん。でも、私は大丈夫なはずだから」

「……はず？」

ぴくり、と海殊がその言葉に反応する。

まただ。また、何か違和感を抱いてしまう物言いだった。それはまるで、絶対に自分は溺れ死ぬことなどあり得ない、という言い方だ。

「あ、えっと……中学の頃は水泳も得意だったから」

彼女は困り顔で慌てて付け足すと、誤魔化すようにして笑った。

確かに水泳が得意なのは泳ぎを見ていてわかった。だが、だからといって『大丈夫なはず』という表現は出てこない。実際に海殊が琴葉のところに辿り着いた頃、彼女は溺れる寸前だったのだ。

「まあ……今はいいか」

疲労感で頭がまともに働きやしない。海殊は大きく溜め息を吐いて立ち上がると、琴葉に手を差し伸べて彼女を起こした。

「ほら、さっさと帰るぞ。お互い臭くて堪ったもんじゃない。さっさと風呂沸かして、母さん帰ってくるまでに何とか誤魔化さないと」

「でも、この子は……」

「うちで飼うよ」

琴葉が不安げに訊く前に、海殊が答えた。これは予め用意していた答えというよりは、完全に思いつきだ。

「……いいの？」

「いいも何も、既に一匹でっかい捨て猫を拾ってるからな。ちっこいのがもう一匹増えたくらいで、文句言わないだろ」

おずおずと不安げに訊く琴葉に対して、海殊は悪戯っぽく笑って軽口を叩いてみせた。

「あ、それってもしかして私のこと？　失礼だなぁ。私は捨てられたわけじゃないよ」

「家出も捨て猫も同じようなもんだろ」

「えー？　全然違うよねー、きゅーちゃん？」

琴葉は知らない間にきゅーちゃんと名付けたらしい子猫に訊いた。子猫が「みゃあ」と肯定するようにして鳴いてみせると、琴葉は「ほらー」と何故か得意げにこちらを見るのだった。全く、お気楽なものである。

ただ、そうして心から安堵して子猫を眺める彼女の笑顔があまりに愛しくて、胸の奥がずきっと痛む。

母さんに言われるまでもないよな……。

その痛みを自覚しながら、海殊はふと思った。

もう自らの感情を自覚していた。彼女に惹かれていることも、そして彼女と過ごす日々の中で、それが特別な感情になっていたことも、嫌というほど自覚している。

春子から変わったと言われた時は、なんだかその気持ちを指摘された気がして恥ずかしかった。

全く……俺はいつ恋愛小説だか映画だかの主人公になったんだろうな？

海殊は彼女の鞄と傘を拾いながら、何度目かの大きな溜め息を吐く。

好きな子のために後先考えずに川に飛び込むなど、まるで普段読む恋愛小説の主人公がやりそうな行動だ。そしてきっと、これこそが自分が夢見ていた恋だったのだろう。何となくそんな気がした。

真剣に恋をしている者は、皆物語の主人公なのだ。それがハッピーエンドになるのかバッドエンドになるのかまでは、わからないけれど。

2

台風が去った。進路が予定より大分太平洋側に逸れてくれたので、大きな被害等も出なかった。昨夜の大雨が嘘だと思う程の快晴で、空には雲一つない。

今日は良い天気なので、琴葉とも気持ちよく登校できそうだ――そう思っていたが、その予想は外れた。昨日川の中に飛び込んでしまったせいか、琴葉が風邪をひいてしまったのだ。

いつも海殊よりも早く起きていた琴葉が部屋から出て来ず、そろそろ起こしに行こうかと思ったタイミングでふらふらしながらリビングに下りてきた。本人は登校するつもりだったが、明らかに体調が悪そうなこともあって、今日は休むように伝えたのである。

琴葉は学校に行きたいと言って聞かなかったが、最終的に納得して聞き入れた。

これに関しては春子の手柄だった。琴葉が聞き入れる気配がないと悟ったのか、ペットショップまで色々買いに行ってくるからそれまで家で子猫を見ていてほしい、と体調以外のところからアプローチを掛けたのだ。

春子からそう言われてしまえば、琴葉も引き下がるを得ない。大人しく家できゅーちゃんと遊んでるね、と留守番を引き受けてくれた。

実際のところ、かなり体調は悪かったのだと思う。顔色も悪かったし、発熱もしていた。濁流の中を泳いだのだし、あまり身体も強くなさそうなので、体調を崩してしまってもおかしくない。

捨て猫を拾ってきた経緯については、春子にはただ拾ってきただけと伝えてある。居候している家出娘と息子が濁流に飛び込んで救出した、とはさすがに言えなかった。

ただ、春子は以前から猫を飼いたかったようで、きゅーを見るや否や半狂乱で喜んでいた。猫を飼うにあたって春子にどう許可をもらおうかと頭を悩ませていたのだが、こちらから伺いを立てるまでもなかった。

昨日は猫以外でも大変で、ふたりとも異臭を放つ出で立ちだった。春子が帰ってくるまでに二人分の制服を洗濯機と乾燥機に突っ込み、琴葉が慌ててアイロンがけをして、何とかことなきを得ている。

髪は三回洗ってようやく臭いが取れる程で、髪の長い琴葉は更に苦労したらしい。都会の川になんぞ飛び込むものではない。

ただ、制服を洗濯したり洗髪を何度かしたりするくらいで一つの小さな命が救えたのなら、安いものだ。あのまま放っておけば、確実に〝きゅーちゃん〟は川に流されて死んでいただろう。

子猫も命の救い手がわかっているのか、琴葉によく懐いていて、昨日からべったりだ。もしかすると、夜遅くまでずっときゅーの奴と遊んでいたので、風邪をひいてしまったのかもしれない。

欠席に関して、海殊の方から担任に伝えておこうかと提案したのだが、彼女は自分で連絡すると言っていた。

確かに、全くこれまで交流のなかった上級生が、いきなり一年のクラス担任に欠席する旨を伝えたとしても、それはそれでどういう関係なんだと突っ込まれそうだ。彼女が自分で連絡する方が良いだろう。

あれ……そういえば、あいつって何組だったっけ？

この時ふと海殊は疑問に思った。琴葉がうちに居候をし始めてからほぼ二週間の付き合いになるが、未だに彼女のクラスを聞いていなかったのだ。

ちらりと隣を見るが、もちろんそこには誰の姿もない。

数週間ぶりの、隣に誰もいない登校。それは思っていたより寂しくて、何だか物足りなかった。琴葉がいるのといないのとでは口数が全く異なるのだ。

ただ、これは琴葉と出会う前では当たり前だったはずだ。途中で祐樹達と会わない限り、登校時は基本いつもひとりだった。

その生活に戻っただけのはずなのに、たった二週間琴葉と過ごした日常があるせいで、ひとりなのが寂しく思えてしまう。海殊の二年半程の〝当たり前〟は、たった二週間の琴葉との生活で塗り替えられてしまったのである。

『まさかあんた、いつまでもこの生活が続くと思ってるの？　そんなわけないわ。遅かれ早かれ、この生活は終わるのよ』

春子の言葉が脳裏に蘇った。

そう、春子の言う通り、琴葉は一時的にうちに居候しているに過ぎない。彼女との生活は、いつ終わるのかもわからないのだ。

もし琴葉がいなくなったとして……俺は、このひとりの時間に耐えられるだろうか？

そう自分に問うて、苦い笑みを浮かべた。答えなど既に判り切っている。

海殊は小さく嘆息して、ひとりきりの通学路を歩いた。

琴葉はスマートフォンを持っていないので学校にいる間は連絡が取れないが、家にいるというなら心配もないだろう。こんなにも早く家に帰りたいと思ったのは、入学してから初めてかもしれない。

それから当たり前のように登校して教室に入って、授業を受ける。いつもと変わらない日々だが、学校に琴葉がいないと思うだけで退屈で、授業にも身が入らなかった。

休み時間や移動教室で一年生を見掛ける度に琴葉もいないかなと探してしまっている自分に気付いて、嫌気が差した程だ。

だが、そんないつもと変わらない日々に、異変が生じた。それは昼休みのことだった。

「あ、今日は琴葉休みだから」

いつものように海殊の席に集まってきた祐樹と聡、そして大野留美にそう伝えた。

大野留美はあのデートアドバイス以降昼食を海殊達と共にしており、自然とクラスで集まるようになっている。

しかし、集まってきた三人は怪訝そうに首を傾げた。

「……？　どうした？」

その雰囲気に違和感を抱いた海殊は、三人に訊いた。

すると、祐樹達は互いに顔を見合わせてから、こう言ったのだ。

「いや、コトハって……誰、その子？」

「滝川ってカノジョいたっけ？」

「そんなまさか。友達じゃないか？」

三人が悪戯っぽく笑って、口々に訊いてくる。

一瞬、彼らが何を言っているのかわからなかった。最初はからかっているのかとも思ったのだが、三人とも本当に琴葉を知らないといった様子なのだ。まるで琴葉が初めて教室に来た時と同じような質問をしている。

「おい……お前ら、何言ってんだよ……？」

何か、凄く嫌な予感がした。それは何とも言い難い予感だ。まるで醜悪な肉塊に背中を舐められたかのような、気持ち悪い感覚。そんな何とも表現し難い不愉快な感覚が、海殊の全身を襲っていた。

「おいおい、海殊ー！　お前、僕らに内緒でこっそり女友達作ってたなんて、ずりぃじゃんか」

「てか何繋がりで出会ったの？　お前そんな女っけある場所に行ってたっけ？」

「やるじゃん、滝川。今度あたしにも紹介してよ」

三人とも冗談で言っているようには思えなかった。まるで本当に琴葉を知らないような口ぶりだ。

だが、こういう状況になってから、今に至るまででもう一つ異変があったことを思い出した。

そう……朝から一度も彼らは琴葉の名前を発していなかったのだ。

海殊がひとりで登校していれば、祐樹あたりが『今日琴葉ちゃんはどうした』だの『喧嘩したのか』だのとまるで芸能ゴシップ記者かのような勢いで訊いてきそうなものなのに、今の今まで何も言わなかったのである。

「おいおい、待てよ……琴葉だぞ!?」

「は？　どうした、海殊？」

「いや、琴葉だよ！　水谷琴葉！　昨日だって昼休み、ここに来てただろ!?　五人で飯食ってたじゃんか！　つか、大野は琴葉と話したいから俺らと一緒に飯食ってたんだろ!?」

　自らの嫌な予感を払拭したくて、つい語気を強めていた。

　もし彼らが冗談を言ってからかっているだけなら良い。ただ、それではあまりに話の辻褄（つじつま）が合わない。そもそも琴葉との絡みがあったから、大野留美も海殊達と一緒に昼休みを過ごすようになったのだ。その大野留美が琴葉のことを知らないとする設定は冗談にしてもあまりにおかしい。

　そこで三人は同時に「あっ」と声を上げた。

「あ、ああ……琴葉ちゃんだよな。そうだったそうだった」

「そ、そうだよな。琴葉ちゃん、だよな。一年でお前のカノジョの……」

「何言ってんだろ、あたし……琴葉ちゃんいなかったらあんたらとも絡んでなかったのに」

　三人はそれぞれ不思議そうに首を傾げていた。何だかどうしようもないほどむず痒くてモヤモヤした様子だ。

結局、それから彼らは琴葉について忘れるといったことはなかった。昨日猫を拾った話や、今日は琴葉が風邪をひいた話をしても、何事もなかったかのように話している。

だが、あの瞬間は本当に忘れていたのではないだろうか。一瞬海殊をからかうための冗談かとも思っていたのだが、その気配が一切なかった。

何なんだ……？　三人同時って、そんなことあるか？

少なくとも、琴葉が初めて教室に来て以降、祐樹と聡、そして大野留美は毎日琴葉と顔を合わせていたはずだ。同時に忘れるなどといった奇怪な事件が起きるはずがない。

まあ……憶えているなら、いいのか。

奇妙な感覚に陥るが、今ではそれらの雰囲気はない。「琴葉ちゃん早く元気になるといいなー」などと皆普通に話している。

きっと、偶然だ。偶然皆が同じタイミングで琴葉について忘れてしまっただけなのだ、と自分に言い聞かせるようにした。そうするしか、海殊にはできなかったからだ。

放課後はドラッグストアに寄ってから家路を急いだ。昼休みの出来事があったせいか、無性に不安になって一秒でも早く琴葉の顔が見たかったのだ。

家に帰ると、琴葉はリビングのソファーに座っていた。

膝をふたつに折ってその上に頭を乗せ、隣ですやすや眠るきゅーの頭を撫でている。その表情は体調が悪そうというより、どちらかというと虚ろだった。心ここにあらずといった様子で、ぼんやりときゅーを眺めている。

「琴葉……？」

「えっ？　あっ……」

海殊の呼び掛けに琴葉は驚いて顔を上げ、その大きな瞳でまじまじとこちらを見た。

何だか初めて会った時を彷彿とさせるような反応だ。そして、同じだったのは反応だけではなかった。

あの時と同じく――その青み掛かった瞳にじわりと涙を浮かべ、雫を零したのである。

「えっ⁉　ちょ、どうした⁉　もしかして、めちゃくちゃ具合悪かったのか⁉」

琴葉の思いもよらない反応に、海殊は狼狽してしまった。まさか帰宅早々泣かれるとは思ってもいなかったのである。

そんなに琴葉の具合が悪いなら春子も知らせてくれたら良いのに。彼女から何も連絡がなかったものだから、てっきりただの風邪だと思っていたのだ。

「う、ううん、違うよ！　そうじゃなくてッ」

「……どうした？」

「えっと……何だか海殊くんの顔見たら安心しちゃって。具合はもうだいぶ良くなったよ。朝は辛かったんだけど、今は大丈夫」

琴葉はそう言って目尻を指で拭うと、すぐにいつものあどけない笑顔を浮かべた。

朝よりは顔色もだいぶ良くなっているので、その言葉は嘘ではなさそうだ。

「それなら良いんだけど……熱は？」

「──ッ!?」

海殊がドラッグストアの袋をテーブルに置いて手の甲を琴葉の額に当てると、彼女はびくっと身体を震わせた。

「……？　結構まだ熱があるんじゃないか？」

額に当てた手を頬に移すと、手の甲からも確かな熱を感じる。顔も少し赤い気がするし、まだ平熱というわけではなさそうだ。

「わ、私今汗だくだから」

汚いよ、と琴葉は赤い顔のまま、遠慮がちに海殊の手を押し退けた。

「それくらい気にならないって。昨日はお互い汚水まみれだったんだからな。あれと比べればマシだろ」

「もう、そんなのと比べないでよ。女の子なんだから、気にするに決まってるでしょ?」

「そういうもんなのか?」

「そういうもんなのっ」

少し怒った顔で言うものだから、何だかそれが可笑しくなって海殊はぷっと吹き出した。それに釣られるようにして、琴葉もくすくす笑っている。

良かった、いつもの琴葉だ。さっき部屋に入った時の様子や、いきなり泣き出したのを見て本当は具合が悪いのかと思ったが、どうやら杞憂(きゆう)だったらしい。

「まだ熱あるんなら、これ貼っといた方がいいな」

言いながら袋から冷却シートを一枚取り出すと、透明フィルムを剥(は)がした。

「ちょっとごめん」と一言入れてから琴葉の前髪をそっと上げ、冷却シートを貼り付ける。その間、終始彼女は頬を染めたまま上目でこちらを見上げていた。

「……頬っぺたにも貼る?」

「い、いいってば」

顔が赤かったのでもう一枚開封しようとしたら、止められてしまった。

まあ、さすがにそれは冗談なのだけれど。頬っぺたなんかに貼ったらすぐに剥がれ落ちてしまいそうだ。

「きゅーが心配なのもわかるけど、とりあえず今日はもう休んでろよ。後は俺が見ておくからさ」

いつの間にか目を覚ましていたらしいきゅーが眠そうに欠伸しているのを横目に、琴葉に言った。

彼女のことだから、今日はずっときゅーの傍にいたのだろう。だが、今は身体の回復が一番だ。それは彼女にとってだけでなく、海殊にとっても、である。海殊は今日一日を通して、それを痛い程痛感した。

琴葉が隣にいないだけで、どうにも不安になるし、そわそわしてしまう。一緒にいたいと思う気持ちが自然と強まっていた。

「あ、そうだ。氷枕使ってる？　今日、朝出る前に冷凍庫に入れといたんだけど」

「え、使ってない」

「……おいおい」

冷凍庫に入れておけばてっきり春子が全部やってくれると思っていたのだが、どうやら氷枕の存在を忘れてしまっていたらしい。ちゃんと家を出る前に伝えたと思ったのだが、伝え忘れていたのだろうか。

「ま、それも持ってくから。とりあえず部屋戻ってな」

琴葉を部屋に行くように促してから、台所へと向かった。

……ん？

冷凍庫から氷枕を取り出して中に水を入れている際、海殊はふとシンクに違和感を覚えた。

「あれ？　食器が一人分しかない？」

シンクを見てみると、そこには春子が普段使っている食器と箸しかなかった。琴葉が使っているものは食器棚に収められたままだ。

「なあ、琴葉。母さんに飯作ってもらわなかったのか？」

ちょうど琴葉がリビングから出るところだったので、海殊は思わず訊いた。

「えっ……？　あ、うん。私、お昼はお腹空いてなかったから」

「あー、なるほど。そうだったのか」

それなら作っていなくて当然だ。確かに、朝見た時はもっと具合が悪そうだったし、あの調子だったら食欲も湧かなかったのだろう。

氷枕を持って彼女の部屋に行くと、琴葉は布団の中に入っていた。枕を外し、彼女の頭の中央にくるように氷枕を置く。

「肩冷やさないようにな」

「……ありがとう」

氷枕の上にゆっくりと頭を下ろすと、琴葉は恥ずかしそうに微笑んだ。何だか嬉しそうだ。

「あと、これも飲んどけ。どうせあんまり水分取ってなかったんだろ？」

ビニール袋からスポーツドリンクを取り出し、琴葉の紅い頬に押し付ける。その冷たさに彼女は「ひゃっ」と小さく悲鳴を上げた。

「もう、冷たいよ」

「保冷剤入れてもらったからな。冷えてて気持ちいいだろ？」

「……うん。気持ちいい」

琴葉は唇を綻ばせると、スポーツドリンクを自らの頬に押し付けた。そんな彼女を見ていると、色々買ってきておいて良かったな、と思わされる。

ドラッグストアの袋の中には、冷却シートとスポーツドリンクの他に、レトルトのお粥（かゆ）や解熱剤も入っている。とりあえず必要そうなものを買い揃えておいたのだ。

「あとは解熱剤も一緒に飲んで――って、これ食後じゃないと飲めないやつか」

スポーツドリンクついでに解熱剤も飲めばいいと思っていたが、裏面を確認すると食後に服用との記載があった。さっきの口ぶりなら昨日の夜から何も食べていないだろうし、すきっ腹に薬を服用すると胃が荒れてしまうかもしれない。

「今、何か食える？」

「ちょっとなら……あ、でも悪いからいいよ。それくらいなら自分で作るし」

「体調悪い時くらい遠慮すんなって。いいから病人は寝てろ」

立ち上がろうとする琴葉を寝かしつけ、あやすようにしてよしよしと頭を撫でる。

普段ならこんな恥ずかしいことなどできないが、今は彼女が弱っているせいか、何だか無性に撫でたくなった。

「もう……そういうのはずるいよ」

琴葉は赤くなった頬を隠すようにして毛布を深く被り、物言いたげにこちらを見つめた。

海殊は微苦笑を浮かべてから「すぐ持ってくるよ」とだけ言葉を残し、再度階下の台所へと向かう。お湯を沸かしてからレトルトのお粥を袋ごと鍋に入れて、タイマーをセットした。

「料理できたら、何かもうちょっと栄養のあるもの食べさせてやれるのにな」

小さく溜め息を吐いて、ぐつぐつと煮えるレトルト袋を眺めた。

自分だけなら料理ができなくてもレトルトや総菜で済ませればいいと思っていたが、こういう時に悩まされる。大切な人が病気で倒れた時は、やっぱり何か体に良さそうなものを食べさせてあげたい。

春子が健康体そのものなのでこれまではそういった考えに至らなかったが、料理下手でもできるレシピを何か今度教わっておいた方が良いかもしれない。

「……それにしても変だな」

シンクにある春子の食器を見て、海殊はやはり違和感を拭えなかった。

春子の性格ならば、琴葉が食べたくないと言っても無理矢理にでもお粥を食べさせそうなものだ。実際に昔、海殊が風邪をひいた時は食欲がないと言っても食べさせられた記憶がある。食べれないと言っても、何か作り置きくらいはしそうなものなので、余計に変に思えてならなかった。

琴葉が女の子だから、多少は遠慮したのだろうか。まあ、よくよく考えれば、居候させている他所の子供だ。自分の子供のように乱暴に扱うわけにもいかないと自重したのかもしれない。

「ほい、お待たせ」

「ありがとう」

琴葉の部屋に出来上がったお粥を持って行くと、琴葉は顔に喜色を広げてそう言った。

「悪いな、レトルトで」

「ううん、そんなことない。海殊くんが用意してくれただけで嬉しいから」

何だかレトルトのお粥でそんなに喜ばれてしまうと、それはそれで逆に居た堪れない気持ちになってしまう。

「元気になったら、お粥の作り方教えてくれよ」

「えー、教えるほどのことでもないと思うよ？」

「いや、料理下手はマジで何していいかわかんないから」

「そうなの？　じゃあ、今度教えるね」

そんなやり取りをしてから、琴葉はふーふーと湯気を立てるお粥を冷ましながらゆっくりと食していた。何だかちびちびとお粥を食べるその様が小動物みたいで可愛らしい。

それから食べ終わるまで見守り、食後に解熱剤を飲んだのを確認したところで立ち上がろうとした時——琴葉が海殊の服の裾を指先で摘まんだ。

「ん？　どうした？」

「えっと……もうちょっとだけ、ここにいてほしいなって。さっき怖い夢見ちゃったから、寝れなくて」

「ああ、それできゅーのとこいたのか」

海殊の言葉を肯定するように、琴葉はこくりと頷いた。

「わかったよ。琴葉が寝るまでここにいるから、安心しな」

「……ありがとう」

「いいから、早く寝ろよ」

「うん」

面映ゆそうに笑う琴葉の髪を、照れ隠しも兼ねてそっと撫でる。

照れ隠しというより、ただ彼女に触れたかっただけなのかもしれない。今日ずっと会えなかったからか、無性に彼女の存在を感じたくなったのだ。

昼休みのあの出来事も、おそらく関係しているだろう。彼女の顔を見るまで、得体の知れない不安にずっと襲われていた。

海殊はそのまま、琴葉が寝入るまでずっと頭を撫でていた。薬が効いたのか安心したからなのかはわからないが、そうして頭を撫でているうちに彼女はすぐに眠りに落ちた。見ているだけで微笑ましくなってしまう、安らかな寝顔だった。

そういえば、琴葉の寝顔を見たのは初めてだ。何だかいつまでも眺めていたくなるほど、愛おしい。

ただ、寝顔をずっと眺められるのもあまり気分の良いものでもないだろう。海殊はそっと立ち上がると、もう一度名残惜しげにその髪を撫でてから、彼女の部屋を後にした。

看病の甲斐あってか琴葉の体調は回復し、翌日から登校していた。祐樹達も昨日忘れていたことなど何一つ記憶にない様子で琴葉と話していたし、いつもと変わらなかった。

＊

だが、奇妙な事柄はまだ続いた。学校帰りにふたりでカフェに入った時だ。

「おひとり様ですか？」

店員が海殊の顔を見るや否や、そう訊いた。

同じ学校の制服を着ているのだし、一緒に入店すれば普通は連れだと思うはずなのに。

「いや、ふたりですけど？」

ちらりと海殊が後ろの琴葉を見てそう返すと、店員ははっとして「失礼致しました！」と頭を下げて、対面席へと案内された。

これだけならふたりが一緒にお茶するとは思わなかった、で済んだ話だ。

しかし——別の店員が水を運んできた際、再び異変が起きる。何と、その店員は海殊の前にだけ水を置いて、そのまま「ご注文が決まりましたら、お呼び下さいませ」と言って立ち去ろうとしたのだ。さすがにこの対応は見過ごせなかった。

「おい、待てよ。この店、一体何なんだ？　さっきから」

「え？」

カフェの店員が怪訝そうにして振り返って、首を傾げる。

「目の前にもうひとりいるだろ。何で俺のだけしか水置かないんだよ？」

海殊も腹が立って、つい言葉が荒くなってしまう。

琴葉からは「いいから、気にしないで」と諭されるが、黙っていられなかった。これではまるで、琴葉を無視しているようではないか。

店員がミスをしただけなら、海殊だってここまで怒らない。ただ、昨日から立て続けに色んな人がまるで琴葉の存在そのものを無視し始めているように感じてしまい、得体の知れない不安や焦燥感を掻き立てられるのだ。

「え？　あっ……！　し、失礼しました！」

そこで、まるで初めて琴葉に気付いたというように頭を下げると、慌ててもう一つの水を持ってきた。琴葉がぺこりと頭を下げると、「本当に申し訳ございません」と店員は何度も謝っていた。

「もう、海殊くんもこんなのでいちいち怒らないでよ。私も申し訳なくなっちゃうから」

そうして海殊を嗜める琴葉の笑みはどこか引き攣っていて、まるで不安と戦っているような、何かの恐怖と向き合っているかのような表情だった。

そこで「どうして店員に無視されるんだろう？」と突っ込める勇気はなく、海殊はただ「ごめん、気を付けるよ」と言うしかなかった。

奇妙な事柄はそれからも続いた。

道を歩いていても、前から歩いてきた人が海殊だけ避けて琴葉にぶつかるといった事案は特に多く起こった。不思議とそれらの人々はぶつかってから気付くことが多く、すぐに「え!? あ、すみません！」と謝っていた。意図的に人にぶつかって嫌がらせをするような人々ではなかったのである。

そして、遂には学校の中でも似たような事案が起こり始め、得体の知れない不安がどんどん海殊の中に募っていく。

琴葉はそれに関していつも困ったように笑って「私、存在感薄いから」と言うだけだった。

そんなわけがない、と海殊は思った。琴葉は人目を引く容姿をしているし、少なくとも人混みの中に彼女が紛れていたとしても、すぐに見つけられる自信がある。

だが、そこで海殊の中にもいくつかの不可思議に思っていたことが、くっきりと浮かび上がってくる。

今まで当たり前のように、琴葉とは過ごしてきた。しかし、それは本当に当たり前だったのだろうか？

二週間以上一緒にいるのに、未だに海殊は琴葉のクラスを知らない。加えて、これまでの間一度も彼女が一年生と一緒に過ごしているのを見たことがなかった。何度か確かめようかとも思ったが、敢えて言っていないところを鑑みると、琴葉が話したくない内容なのではないかとも思えて、憚られたのだ。

それだけではない。琴葉はテスト前でも教科書を家に持って帰ってくることなどしなかったし、試験期間でもお構いなしに小説を読んでいた。

そして、その小説だ。彼女の小説の情報は、少し遅れていたのである。本好きの割に新刊の情報に疎かったり、同じシリーズの本を読んでいたのに結末を知らなかったりした。まるでその間の情報が抜け落ちているかのように、ここ一～二年の間に発売した本についてだけ知らないのだ。

そもそもの話、娘が二週間も家に帰っていないにもかかわらず、彼女の両親からは何も音沙汰がない。普通は親から学校に連絡が入ったり、心配したりするものではないのか。

琴葉も琴葉でスマートフォンさえも取りに戻らない。そこまで家に帰るのが嫌だという可能性もあるが、どこか変だった。

『……帰れないんだと思う』

そこで、琴葉の言葉が脳裏をかすめた。

それは、初めてデートをした日の帰りのことだった。ふたりが出会った公園に赴(おもむ)いた時、家に帰らなくていいのかと訊いたことがある。その問いに関して、彼女はそう答えた。

そして、こう続けたのである。

『帰れないから、私はきっと……ここにいるんだよ』

ぞくりとした。

あの時は心理的に帰りたくないだけなのだと思っていた。だが、それが心理的ではなく物理的なものだとしたら？　物理的に帰れないとしたら、これらの現象にも説明がつくのではないだろうか。

そんなわけない……あるはずが、ない。

海殊は自分が思い至った憶測をすぐさま否定した。

そんな非現実なことを信じられるはずがなかった。SFやファンタジー小説が好きだとしても、それはあくまでもフィクションの中だけの話だ。現実に起こっていいものではない。

ファンタジー……だって？

ファンタジーという単語が何か引っかかって、琴葉との会話を思い返す。

それはちょうど、その家に帰るかどうかについて話した直前だった。彼女は唐突に『ちょっとしたファンタジーな質問していい？』と前置いてから、こう訊いてきたのだ。

『もし、ある時目覚めたら、自分が全く別の場所にいて、自分がいた時代とも少し違っていて……頼れるものとか何もなかったとしたら、どうする？』

その質問を思い出した時、毛が逆立って身体が震えた。

これまでの琴葉の奇妙な発言やちぐはぐな情報、唐突に忘れられたり見えなくなってしまったりする出来事が、全てそこに繋がっている気がしたのだ。それは――って、待て待て！　ふざけるなよ海殊。落ち着け。お前、ちょっと小説の読み過ぎなんだって……そんなの、あり得ないだろ。

思い至りそうになった可能性を、海殊は必死に否定する。

そんなことがあって良いはずがない。目の前にいる人間が本当は存在しないなど、あってはならないことのはずだ。

それに、琴葉とは手を繋いだことだってあるし、先日は川の中で身体も抱きかかえている。体温も、感触だってしっかりと感じているのだ。存在しないわけがないのである。

大丈夫、それは俺の杞憂だ。妄想だ。絶対に、そうに違いない。

一瞬思い浮かんでしまった予想が杞憂で妄想だと自分に示す方法は、一つ。

彼女の存在を、はっきりと認識して理解することだ。水谷琴葉がどこの誰なのか。自宅はどこなのか。

彼女のプライバシーに関わることだから、とこれまで見て見ぬふりをしてきた。だが、もうそうは言っていられないような状況に来ている気がしてならない。

杞憂で妄想ならそれが一番良い。海殊はただ、この不安を拭い去りたいだけなのだから。

3

その日の放課後は課題が残っていると適当に嘘を吐いて、琴葉には先に家に帰ってもらった。

もちろん、琴葉について調べるためである。罪悪感がないと言えば嘘になるが、もし杞憂が晴れたならばちゃんと事情を話して、しっかりと謝ろうと思っていた。

琴葉が先に帰ったのを確認してから、海殊は職員室へと向かった。一年生のクラス担任または副担任を見つけて、片っ端から『水谷琴葉』について訊いていけば良いと判断したのだ。

琴葉から直接訊けば良いのではないかとも考えたが、何だか上手くかわされる気がしたのである。実際、ここ数日の間も彼女について尋ねようとすると、話題をすり替えられたり、誤魔化されていたことが多かった。仮に何組と彼女が答えたとしても、それが真実ではない可能性もあるだろう。

海殊とて琴葉を疑いたいわけではない。疑いたいわけではないのだが、不安だったのだ。その存在がまるでぽっかりと穴が空いているようで、気付けばいなくなってていそうな気がしてならないのである。

このバカバカしい杞憂を否定できたなら、それで良かった。むしろ否定してほしかった。小説の読みすぎだよ、と琴葉から叱られて終わりたかったのである。

しかし――

「水谷琴葉？　いや、うちのクラスにはいないな」

「うちのクラスじゃないな」

「んー？　そんな子一年にいたかなぁ？」

教師達から出てくる言葉は、海殊の杞憂を肯定するものばかりだった。

彼らクラス担任教師は、受け持っているクラスは一クラスだけだが、授業では他のクラスも受け持っている。琴葉について誰も憶えていないというのは考え難いことだった。

「あの……鈴本先生、お伺いしたいことがあるのですが」

最後に海殊が訪れたのは、一年の頃にクラス担任だった鈴本紘一のところだった。数学の担当をしていて、今年も一年生のクラス担任をしている。海殊にとっては、最後の砦だった。

「おお、滝川か！　久しぶりじゃないか。どうした？」

「先生のクラスに……その、水谷琴葉、という女生徒はいますか？　髪が長くて、細めな女の子なんですけど」

「んー？　何だ、滝川。真面目で堅物なお前が下級生の女の子を狙ってるのかぁ？　受験生だったら、女に現抜かしている余裕なんてないだろう」

「……いいから！　いるのかいないのか、それだけ教えて下さい！」

自分でも予想しなかった程、大声で怒鳴ってしまった。

それには他の教師も驚いたのか、職員室が一瞬しんと静まり返る。他の教師達の視線が、海殊と鈴本の方へと一斉に向けられた。

「す、すみません……」

海殊は集まった視線に対して、すぐに頭を下げた。

海殊のその反応を見て、教師達は「やれやれ」と言わんばかりに溜め息を吐いて自らの作業に戻っている。

「あー、すまん。もしかして、からかったらまずかった案件か？　えっと、水谷琴葉だったよな？　そんな生徒いたかなぁ……」

鈴本は気まずそうにそう言ってから、クラス名簿をひとりひとりじっくりと指を差して見ていく。海殊は固唾をのんでその様子を見守っていたが、その指が最後まで止まることはなかった。

「うーん、やっぱりうちのクラスにはいないぞ」

名簿をぱたんと閉じて、海殊にとって絶望的な言葉を述べた。

「そう……です、か……」

海殊は何とかそれだけ言葉を絞り出し、頭を下げてその場を去ろうとする。その時、鈴本が「待て待て」と呼び止めた。

海殊が力なく振り返ると、鈴本は腕を組んで大きく溜め息を吐いた。海殊の落胆ぶりがひどかったので、放っておけなかったのだろう。

「お前さっきから一年のクラス担任に同じこと聞いていたみたいだけど、その子ほんとに一年か？」

「青いリボンをつけているので、一年だと思うんですけど……」

「うーん、水谷琴葉かぁ。授業を受け持っていればわかるはずなんだけどなぁ」

鈴本は椅子にもたれかかって目を閉じる。やはり望みは薄そうだ。

「誰か思い当たる子、いませんか？　細田(ほそだ)先生」

もう諦めて教室を去ろうとした時だった。鈴本が隣の席の生物教師の細田に訊いた。

細田先生は一年のクラス担任ではないが、生物教師はこの学校にひとりしかいない。全クラスをひとりで担当しているので、記憶に残っているのではないかと考えたのだろう。

「いや、その子に記憶にありませんが……『琴葉』ちゃんですか。その名前、どこかで聞いたことがある気がするんですよねぇ」

「え⁉」

　ここで初めて希望が見い出せて、思わず海殊の顔が上がる。

　細田は眉間を指で揉んでうんうん唸っていた。もしかしたら、苗字が変わったという可能性もある。

「鈴本先生、覚えてませんか？　一年で『琴葉』っていうと……二年前に、ほら」

「あー！　そういえばいたなぁ。もう二年も経ったか」

　ふたりの教師がようやく合点がいったと様子で、頷き合う。

　二年前──その単語に、どくんと胸が跳ね上がった。これまでにないくらい、とてつもなく嫌な予感がしたのだ。

「その……二年前に、何かあったんですか……？」

　声が震えそうになるのを必死で堪えながら、海殊は訊いた。

「お前らが入学した時にいたんだよ。それらしい特徴を持っている『琴葉』って子が」

「いい子でしたからねえ。私も憶えていますよ。そういえばあの子、苗字は何ていいましたっけ？」

「えっと……あ、そうだ。柚木だ。柚木琴葉。入試の成績も良くて四月の実力テストでも確か一位だったんじゃなかったでしたっけ。色々注目されてましたよねえ」

ふたりの教師が懐かしみ惜しむような会話を交わす。

柚木琴葉——それは、海殊の記憶にはない名前だった。だが、何故だかその会話からは嫌な予感が拭い去れない。何となく直感で真実に迫っている気がしたからだ。

海殊は背中から脂汗（あぶらあせ）が流れているのを自覚しながらも、その会話の結末を待つ。

そして、その先に出てきた言葉は彼を再び絶望に落とし込むものだった。

「しかし、可哀想（かわいそう）でしたなぁ。入学早々に、事故だなんて」

「え——!?」

事故という言葉で、海殊の記憶にもようやく引っかかった。

そういえば、二年前の四月末。ゴールデンウィークに入る前の話だった。入学早々に同じ学年の女の子が事故に遭ったという話を聞いたことがある。

それと同時に、琴葉と初めて会った日のことを思い出す。彼女に名前を訊いた時だった。彼女は確か、こう言っていた。

『名前ですか？　えっと、柚——じゃなくて、えっと……』

そう、彼女は咄嗟に『柚』と言って、すぐに言い直したのだ。

不自然に名前を言い間違えたと言って、自分の名前を言い間違えないだろう、とツッコミを入れた記憶がある。

　そして、もう一つ。初めて琴葉が海殊の教室を訪れた時、同じクラスの女子が『あの子にお姉さんはいるのか』と訊いてきた。知らないと答えると、その後彼女はこう言ったのである。

『一年生の頃にあの子とよく似た子がクラスにいたなって……そう思っただけだから』

　これまで不自然に浮かび上がっていたピースが一気にはまっていく。琴葉がここ数年の情報についてえらく疎かったのも、制服の夏服を持っていないのも、家に帰れないのも、全てそれで説明がついてしまうのである。

「その子……その子、今どうなってるんですか？　まさか、もう死んでる、とか」

　海殊は絶望的な気持ちでそう言葉を絞り出した。

　もしこれで肯定されてしまえば、一体どうすればいいのだろうか。そう思ったが、訊かざるを得なかった。

　鈴木は海殊の質問に「おいおい、失礼な奴だな、お前」と言うと、細田がその後の言葉を続けた。

「ご存命だよ。ただし、事故からずっと昏睡状態みたいだけどね」

　海殊はとある家の前に来ていた。家の表札には『柚木』と書いてある。

そう——ここは『柚木琴葉』の実家だ。

あの後、海殊は鈴本と細田のふたりに彼女の実家の住所を教えてもらった。結果、「本当はこういうのはあんまり良くないんだが」と渋々ではあるが、鈴本が柚木琴葉の住所を調べて教えてくれたのだ。あまりに海殊が必死だったものだから、憐れみを感じたのかもしれない。

深呼吸を数回繰り返してからインターフォンを押すと、『はい』とすぐに女性の声が聞こえてきた。おそらく、琴葉のお母さんだろう。優しそうな声色だった。

「あの……こと——いえ、柚木琴葉さんの、クラスメイトだった者です」

海殊は用意していた言葉を言った。

これも完全な嘘だ。海殊と琴葉はクラスメイトではなかったし、当時は彼女の存在すら知らなかった。海殊自身は謂わば『柚木琴葉』とは無関係な人間である。そんな男がいきなり訪問したとしたら、警戒されてしまうのではないかと不安になったのだ。

それに、まだ『柚木琴葉』と『水谷琴葉』が同一人物だという確証は取れていない。それこそ、教師達の話と海殊がこれまで抱いてきた違和感がただ合致しているだけなのである。同一人物でなかった場合も想定しておいて、損はないだろう。

柚木琴葉の母は驚きはしたものの、家の中に上げてくれた。そしてリビングで座って部屋を見回した瞬間に、ほぼほぼここが琴葉の家であると確信が持ててしまった。

ところどころにある雑貨やキャラクターが描かれた置物が、ここ数週間でうちに増えたものと同じ系統だったのだ。即ち、琴葉の趣味と完全に合致していたのである。余程お気に入りだったのか、同じものもあった程だ。

そして、部屋の中から漂う香りというか、雰囲気。これも、彼女から感じるものと同じものがあった。

「まさか、娘に男の子の友達がいたなんて思いませんでした」

琴葉とよく似た目もとをした綺麗な女性がそう言った。青み掛かった瞳は母親譲りだったようだ。

彼女の名は、柚木明穂。明穂は春子より少し若いといった年齢で、琴葉とよく似た穏やかな雰囲気を纏っている。

「入学してすぐに少し話して、勉強とか教えてもらったんです。それが、まさかあんなことになるなんて……」

ここに来るまでの間に考えていた嘘を並べ立てる。琴葉について嗅ぎ回るようになってから嘘ばかり積み重ねている気がするが、今回ばかりは仕方ない。

「それが……どうして今更？　もう二年も経つのに。あの子のことを覚えていてくれる人がいるなんて、夢にも思っていませんでした」

全く疑う様子もなく、明穂が海殊の前に座った。彼女は海殊の訪問を本当に嬉しく思っている様子だ。そんな彼女を見て、嘘を吐いてしまったにことに罪悪感を覚えた。

「昨夜……急に彼女が夢に出てきたんです。それで、居ても立ってても居られなくなって、学校で先生から住所を半ば強引に訊いてきました」

「まあ、あの子が……!?」

明穂が顔を輝かせた。

あれを夢といっていいのか、現実といっていいのかはわからない。ただ、後半に関して嘘は言っていないつもりだ。

「その……もしよかったら、琴葉さんの写真を見せて頂けませんか？　もう随分時が経ってしまったので、顔もうろ憶えで」

「ええ、もちろんです！　ちょっと待っていて下さいね」

それから彼女は自分のスマートフォンを持ってきて、画像フォルダを見せてくれた。そのフォルダの名前は『琴葉』となっていて、娘専用の画像フォルダとなっているようだ。

スマートフォンに表示された一枚目の写真を見て、海殊は大きく溜め息を吐いた。身体中から力が抜けていく。

まあ……そうだよな。

諦めにも似た気持ちを込めて心の中で呟くと、もう一度彼女のスマートフォンに表示された画像をよく見る。

それは、二年前の入学式の写真だった。海殊も通う海浜法青高校の入学式で、海殊が入学したのと同じ日付が記載されていた。

入学式と大きく書かれた看板の横に、ひとりの女生徒が立っている。

長く綺麗な髪は艶やかで、モデルのように細くて控えめな笑顔が愛しくて……海殊もよく知っている少女に違いなかった。よく知るも何も、きっと今も家に帰れば子猫と遊んで海殊の帰りを待っているに違いない。

そう——水谷琴葉とは、柚木琴葉に違いなかったのだ。

「……もしよかったら琴葉さんの話、聞かせてくれませんか？」

「え？」

「その、仲良くなる前に事故に遭われてしまったので……実は、知らないことの方が多いんで。あ、もちろん、嫌じゃなければで構わないですから」

「嫌だなんてそんな……！　娘のことを覚えてくれていて、こうして知ろうとしてくれるだけで……ッ」

明穂は瞳にじわりと涙を浮かべると、慌てて顔を伏せてハンカチで目元を拭った。

もしかして辛い思いをさせているのだろうかと思ったが、違った。琴葉の母は、本当にそれを嬉しく思ってくれていたのだ。

それから、明穂は娘のことを話してくれた。明穂が語る琴葉は、海殊の知る琴葉よりも引っ込み思案で奥手だった。少なくとも、海殊に見せたような強引さや大胆さは垣間見えなかった。

性格は大人しくて控えめ。成績は優秀で、中学時代は男子からも好意を寄せられていたようだが、大人しい性格が災いしてか彼氏は作らなかったみたいだ。というより、現実の色恋よりも本の中の世界に浸ることの方が好きだったのかもしれない、と春子は語った。

「本が好きだったんですか？」

「ええ。でも、同級生は動画とかの方が好きだったみたいで、趣味が合う友達はいなかったと思います。映画も好きで、新作映画の公開にはよく付き合わされました」

秋穂は懐かしむようにして言った。

このあたりの話も、琴葉の言っていたことと合致する。初めてうちに泊まった日に、彼女は本のことを話せる人が周りにいなかった、と言っていた。海殊もそうだと伝えると、彼女は『似た者同士だね』と嬉しそうにしていたのである。

「インドアな子だったんですね」

「ええ。でも、水泳だけは得意だったんですよ。小学生の時には大会で優勝したこともあるくらいで」

「へえ、意外ですね。文学少女は運動が苦手なイメージでしたが、何でもできたんですね、琴葉さんは」

如何にも意外そうに驚いて見せたが、意外なものか、と心の中で海殊は思った。

水泳が得意でなければ、子猫を救うためとはいえ濁流の中を飛び込みやしない。

もっとも、猫を抱えながら泳ぐというのは初めての経験で、溺れそうになっていたのだけれど。

「あと、猫が好きで、ずっと飼いたがってて……」

「飼わなかったんですか？」

「ええ……私が酷い猫アレルギーだったもので、飼えなかったんです」

その言葉を聞いて、なるほど、と思った。今の琴葉は、その願いを叶えているのだ。

「ただ、今にして思えば……」

「ん？」

「いえね。アレルギーなんて我慢して、無理にでも飼ってやればよかった、と……後悔しているんですよね」

これまで楽しそうに娘について語っていた明穂の表情が、唐突に曇る。俯いて、肩を少し震わせていた。

「どうしたんですか……？」

「いえ、すみません……実は」

ここ最近、娘の容態が良くないんです——明穂はそう続けて、洟を啜った。

どくん、と海殊の胸が跳ね上がった。嫌な跳ね上がり方で、何だか不安感がどんどん胸中を覆っていく。

琴葉の具合が悪くなってきたのは、二週間くらい前。もともと昏睡状態だったのだが、脳波の反応がなくなってこのまま目を醒まさないかもしれない、と担当医から説明を受けたのだと言う。

「それって……」

「はい……回復の見込みがもうないかもしれない、と言われました」

「そん、な……」

その言葉を聞いた瞬間、海殊の両腕から力がへにゃりと抜けていった。今日こうした絶望を味わうのは、何度目だろうか。もう勘弁してくれと言いたかった。

これまでは話し掛けていれば何かしら反応を返してくれていたのだが、その反応が日に日に薄れていっているのだという。そして、その反応が全くなくなってしまったのが、およそ二週間前……それは奇しくも、海殊と琴葉が出会った頃合いと一致していた。

「それで、考えた方がいいって……夫からも言われて」

「考えるって……？」

「これ以上の治療は、と……」

明穂は敢えて言葉を濁していた。

その続きは、聞かなくてもわかる。絶望に次ぐ絶望で、どんな顔をすれば良いのかさえもうわからなかった。ぐったりと身体が重くなって、前を向こうにも顔を上げられず、両腕も上がらなかった。

「あの子、高校に入ったらたくさん青春するんだって、言ってたんです。本だけじゃなくて、友達もたくさん作って、遊んで……もっと色々経験したいって。それなのに、どうしてあの子がッ」

明穂は両手で顔を覆って、啜り泣いた。

海殊はそれに対して、何の言葉も掛けてやれなかった。いや、海殊は別のことを考えていたのだ。

どうして琴葉はその状況になってから、海殊の前に現れたのだろうか、と。ただ、それも今の明穂の言葉で説明がつく。

未練や後悔──そして、それらを払拭するための、最後の足掻き。琴葉があの日現れたのは、そういった目的があったのではないだろうか。もう自らの意思や自我がそう長く保てないと悟って、最後の抵抗を試みているのではないだろうか。

無論、そんな確証はない。琴葉にその自覚があるのかさえわからなかった。

ただ、もしそうなら、彼女の未練を拭い去ってやれるのは、自分だけなのではないか──海殊はそのようにも考えていた。

それから暫く、明穂は静かに泣いていた。おそらく、この人はずっとこうしてひとりで泣いているのだろう。その姿を見ていれば、夫──即ち、琴葉の父がそう提案するのもわからなくはない。もう自分の人生を生きた方が良い、と彼は明穂に言いたかったのではないだろうか。

海殊は何も言えず、ただテーブルの上にある紅茶を睨みつけることしかできなかった。どんな言葉を発しても慰めにならないのはわかっていたし、どんな言葉を用意しても自分の心を慰められないのもわかっていたからだ。

「滝川さん、って言いましたっけ……」

落ち着いたかと思えば、明穂が唐突にそう話し出した。

「あなたのおかげで……決心できました」

「え？」

決心とはどっちの決心だろうか。どうして自分がその決心に関係するのか、さっぱりわからなかった。

海殊は彼女の言葉の続きを待った。望まぬ方の決心を言われた場合、どう反応すれば良いのかわからなかった。

暫くの沈黙の後、明穂が言葉を紡いだ。

「まだ娘をそうして覚えてくれている人がいるなら……一縷の望みがあるのなら、最後の最後まであの子を信じてみようって……そう、思いました」

「……そうですか」

海殊は大きく息を吐いた。無論、安堵の息だ。

正解に辿り着いた途端それを終わらされてしまうのでは、と思ったものではない。まだ、琴葉の自我や意識は残っている。それが完全に消えたわけではないことを、海殊だけが知っていた。

ならば、できることがまだあるはずだ。せめてそれをやり尽くして、海殊も琴葉と同じく足掻きたい。

「あ、滝川さん。失礼なことをお伺いしてもよろしいですか？」

「はい、何でしょう？」

「滝川さんは、娘……琴葉に好意を持っていたり、しますか？」

その言葉に海殊は一瞬息を詰まらせた。この質問の答え次第で、未来が大きく変わる気がしたからだ。

だが、海殊の答えなど、決まっている。決まっているからこそ、きっと今この場に辿り着けたのだから。

海殊は大きく深呼吸してから、明穂の顔をしっかりと見据えた。

「はい……俺は、琴葉さんのことが好きです」

自分で自分を鼓舞(こぶ)するために、そして覚悟するために、はっきりと答えた。明穂はそれに対して「まあっ」と嬉しそうに笑っていた。

最初は憐憫(れんびん)、或いは純粋に心配といったような気持ちだったのかもしれない。夜の公園でひとりで雨に打たれている、どこか浮世離れしていた少女。その姿はあまりに儚くて、どこか消えてしまいそうで。そんな彼女を守ってあげたかったのだ。

一緒に暮らすうちに、自然と彼女に惹かれていった。いつから好きだったのかなんて、もう覚えていない。でも、今の海殊は明確に自らの好意を自覚している。それで十分だった。

それからほんの少しだけ会話を交わして、海殊は柚木家を出た。手には、病院名と病室番号が書かれた紙が握られている。

『これから病院に行くつもりなんですけど、一緒にお見舞いに行きませんか?』

あの後、明穂からそう尋ねられた。

海殊は迷った。会ってみたい気持ちは確かにある。だが同時に、何か嫌な予感がしたのだ。

ここで実体（ホンモノ）に会ってしまったら、今家にいる琴葉はどうなってしまうのだろうか。もしかすると、自分も祐樹達のように琴葉を忘れてしまうのではないだろうか。そんな危惧（きぐ）を抱いたのだ。

少しだけ悩んで、結局海殊は「まだ心の準備ができていないから」とだけ伝え、申し出を断った。これも無論、嘘偽りない本音だ。まだ実体に会う心の準備はできていなかったのである。

それに、今海殊が知っている琴葉は〝その琴葉〟ではない。ならば、まずは〝海殊の知る琴葉〟を幸せにしよう。そう思ったのである。

実体に会う心の準備はできていなかったのである。明穂は海殊の返答を聞くと、このメモ書きを書いて海殊に渡した。

『気が向いたら来てやって下さいね。あの子も喜ぶと思いますから』

それに対して、海殊は『いつか、必ず』と返した。

それから柚木家を少し離れたところで、海殊は鞄の中から一冊の新しい本を取り出した。

本のタイトルは『記憶の片隅に』で、以前琴葉と見に行った映画の原作だ。以前は図書館で読んだものだったので、もう一度読み直そうと新しいものを買い直したのである。

その本の真ん中に、明穂から貰ったメモをしっかりと挟み込む。

いつか覚悟ができた時、もう一度この本を開こう。その時こそ、本物の琴葉と会う時だ。

海殊は陰鬱な気持ちで家路を歩いていた。

予想していたよりも早く、そして容易に真実には迫れた。だが、これを知ってしまって良かったのだろうか。そんな疑問が頭の中に浮かぶのだ。

海殊がここ数週間毎日過ごして、人生に喜びを感じていたものの正体——それは、非現実的なものだった。正直、今の今も信じ切れていない。

だが、信じざるを得なかった。海殊が共に過ごしている水谷琴葉は、二年前事故に遭って以降昏睡している柚木琴葉に違いないのだから。

そして、彼女は今この瞬間も眠っていて、消えゆく自我と意識を保つために戦っている。自分を残そうと必死に足掻いているのだ。

そんなことを知らされて……どうしろって言うんだよ！

もしフィクション世界の主人公であれば、奇跡を起こせるのかもしれない。

しかし、海殊はただの人間だ。神でもなければ何か特殊能力があるわけでもない。消えつつある彼女の意識を救う手立てもなければ、眠り姫を起こせる奇跡を持ち合わせているわけでもないのだ。

結局何をどうすればいいのかわからないまま、家の前に着いてしまった。気持ちの整理も、現実を受け入れられているわけでもない。今のまま琴葉と会って、どんな顔をすればいいのだろうか。

海殊は大きく溜め息を吐いてから、自分の手のひらでぱちっと両頰を叩いた。

しっかりしろ、滝川海殊。俺なんかより、琴葉はもっと大変なんだ。あいつがまだ諦めてないのに、俺が諦めてどうする！

そう自分を叱咤激励してから表情を引き締めて、家を睨みつけた。

ここからは自分との戦いでもある。きっと、これから辛いことが起きるだろう。それでもその現実と向き合えるだろうか？

そう自問自答してから、「当たり前だろ」と答えてみせる。

その覚悟をしたからこそ、海殊は琴葉の母に『琴葉さんのことが好きです』と赤面ものの告白をしてきたのだ。琴葉のためにも向き合って乗り越えなければならないのである。

「……よし、行くぞ。俺は普通、俺は普通」

海殊は深呼吸をしてから、玄関扉を開いた。

「あっ、やっと帰ってきた。海殊くん、おかえり」

玄関扉を開いてすぐに海殊を迎えてくれたのは、子猫のきゅーちゃんを抱っこしている琴葉だった。彼女を見た瞬間に瞳の奥から何かが込み上げてきそうになったが、それを気合で止める。

「遅かったね。晩御飯どうしようかと思ってたの」

私もうお腹ぺこぺこだよ、と付け足して琴葉は眉を下げた。

今日は春子の帰りが遅いので、先にふたりで食べておいてほしいと連絡がきていた。そのことは琴葉も知っているので、既に食事の準備を終えているのだろう。いい匂いが玄関の方まで漂ってきている。

海殊は彼女に気付かれないように小さく深呼吸すると、口角を上げてみせた。

「ごめんごめん、ちょっと色々長引いちゃってさ。着替えてくるから、すぐに飯食っちゃおう」

靴を脱いでから家に上がると、琴葉が抱きかかえる子猫の頭を撫でてやる。

その拍子に彼女と目が合った。彼女の青み掛かった綺麗で大きな瞳は、じっと海殊を見上げている。

そんな彼女を見てしまったからだろうか。海殊の手は、子猫の頭から自然と琴葉へと移っていて、無意識に彼女の頬を撫でていた。

「海殊くん……？」

少し驚いたような表情をしていたが、琴葉は振り払ったり身を捩ったりはしなかった。

雪国の生まれかと思うほど白く透き通った無垢な肌と、その肌に相対するかのような色気を放つ薄桃色の唇。こうして彼女に触れているだけでドキドキとしてくるし、その瞳にじっと見つめられるだけで、きゅっと胸が締め付けられる。そして、それと同時に、どうしようもなく切なくなってしまうのだ。

こんなに……こんなにはっきりと存在を感じられるのに。ちゃんとここにいるのに。

でも、こいつは……！

一度固めたはずの涙腺がまた緩みそうになって、思わず彼女の頬から手を離す。

「……どうしたの？」

いつもならしない行動の数々に、さすがに琴葉も不審に思ったのだろう。心配そうに海殊を見つめていた。

「いや。何でもないよ。お前の肌、すっげー綺麗だからさ。前から実は触ってみたかったんだ」

琴葉はその海殊らしからぬ言葉にぷっと吹き出した。

「もう、やだ。恥ずかしいよ」

「悪い、衝動に逆らえなかった」

「いきなり過ぎて、心臓止まりそうになっちゃった」

「じゃあ、今度は前もって許可を得よう」

「そういう問題じゃないよっ！」

まるで恋人のようなやり取り。でも、どこかぎこちなくて、互いが互いに気遣い合っているような感覚。本当の恋人になれたならば、こんなぎこちなさもなくなるのだろうか。

「琴葉」

ふたりの笑いが収まると、海殊は小さく息を吐いてから彼女の名を呼んだ。

「なあに？」

「もうすぐ夏休みだろ。行きたい所とか、やりたいこととかないか？　もしあるなら、そこ行こう」

「海殊くん……」

琴葉は息をのんで、そんな海殊をじっと見据えていたが、すぐに顔を綻ばせた。

「えっと、じゃあ……」

彼女はそう言ってきゅーを降ろすと、ぱたぱたとリビングに行ってから、すぐに戻ってきた。手にはチラシがある。

「これ、行きたい」

そう言って、そのチラシを海殊に手渡す。

それは毎年七月の終盤に開催されている大きな花火大会のチラシだった。

「……わかった。絶対行こうな」

海殊は柔らかく微笑んで、頷いて見せた。

彼女は海殊が思っている以上に不安定な存在だ。明穂の話から察する限り、朝起きたらいきなりいなくなっている、ということだって有り得る。

それならば……全力で彼女の望みを叶えてあげたい。それぐらいしか、今の自分にできることなど思い浮かばなかった。

「やった！　でも、ちょっと意外だったかも」

「え、何が？」

「海殊くん、絶対に花火大会とか人が多いし嫌だって言うと思ってたから」

「……そんなことはないだろ。人聞きの悪い。行く機会があれば普通に行くよ。これまでは行く機会がなかっただけだ」

海殊は一瞬だけ言葉を詰まらせて、ほんの少しだけ嘘を吐いた。

本当は人混みなんて嫌いだ。去年も祐樹達から誘われたけども、適当な理由を付けて断っていたように思う。

でも、今年は違う。行く機会と行く理由がしっかりとある。いや、琴葉となら行きたいと思えたから行くのだ。

「あ、そうだ。せっかくだし、浴衣(ゆかた)を着てみないか？　確か、母さんが持ってたと思うからさ」

「え、いいの？　着たい着たい！」

「おっけ。帰ってきた時に訊いておくよ」

人混みが苦手な海殊にとって、花火大会なんて縁がないものだと思っていた。

しかし、琴葉の楽しみにしている表情を見ていると、そんな花火大会でさえも楽しみに思ってしまう自分がいた。それが不思議で、そんな自分の変化が面白くて、でもそんな時間はいつまでも続かないかもしれないと思うと……やっぱり寂しかった。

「母さん、琴葉と花火見に行くことになったんだけど、浴衣ってある？」

春子が仕事から帰ってくるなり、海殊はそう母に尋ねた。

恥ずかしがり屋だと思っていた息子が臆面もなく唐突にそんなことを訊いたので、母は何も言わず息子の額と自分の額に手を当て、熱を比べたものだった。

春子のこの行動には少し苛立ちと恥ずかしさを覚えたが、琴葉が面白そうにくすくす笑っていたので、何とか堪えることはできた。その笑顔のためなら何でもいいか、と思えるようになっていたのである。

「あたしが昔着ていたのでいいなら、押し入れの奥にあるわよ。クリーニングに出しておいてあげるわね」

息子のそんな様子を見て、春子は呆れたように笑った。明日クリーニングに出せばおそらくギリギリ花火の日には間に合うだろうとのことだ。

母が押し入れから浴衣を出してきて、実際にその浴衣を見せると、柄や色合いが琴葉の好みだったらしく、彼女も大いに喜んでいた。

「着付けはひとりでできる？　あたし、その日は仕事が入ってるから……」

「帯を通すだけのタイプですよね？　これなら大丈夫です！」

ふたりが居間で浴衣を広げて、そんなやり取りをして盛り上がっていた。

青を基調とした少し大人っぽい浴衣だが、きっと琴葉なら何を着ても似合うだろう。

もし、彼女の母・明穂がこの光景を見ていたらどう思うだろうか。海殊は唐突にそんなことを考えてしまうようになっていた。

今も娘の復活を信じて病院に通う彼女。きっと、明穂も娘とこんなやり取りをしたかったのだと思う。
柚木家の中には、至る所に琴葉の面影があった。きっと本当は見るのも辛いだろう。しかし、それでも彼女は娘がまたこの家で暮らすと信じて、当時のままに残してあるのだ。

できれば、彼女にも琴葉と会わせてやりたい。しかし、ふたりはきっと、会えないのだ。それは琴葉が家に帰らず海殊の家にいることが証明していた。

『帰れないから、私はきっと……ここにいるんだよ』

琴葉は以前、こう言っていた。

この言葉の真意はわからない。ただ、琴葉が家に帰れないというのは、おそらく事実なのだろう。本人が家に帰りたくても帰れないのか、帰った瞬間に〝この琴葉〟が消えてしまうのか、或いは明穂には見えないことを本能的に察しているからなのかはわからない。少なくとも、帰っても自身にとって良くないことが起こるとわかっているから帰らないのだ。

そこに関して、海殊ができることは何もなかった。家に連れて帰ろうとしても琴葉は嫌がるだろうし、無理矢理連れて帰ったところでもし〝この琴葉〟が消えてしまったりしたら、後悔してもしきれない。

ならば、海殊にできることは何か？　それは、こうして琴葉を楽しませてやりつつ、彼女の回復を願うことに他ならない。

いや、そうじゃないか……俺も楽しみたいのかな。琴葉と過ごす時間を。

春子と浴衣についてあれこれ話す琴葉を眺め、海殊はそんなことを考えるのだった。

＊

琴葉の真実を知った日を境に、海殊の中では何かが変わった。とにかく今を一生懸命生きるようになっていた。

それはきっと、いつ〝その時〟が訪れるかわからないからだろう。明日死ぬつもりで行動しろ、というのは色々な人が言っているが、まさしくこの時の海殊は、そんな気分だったのである。

それに、彼女の母・明穂は、琴葉は高校に入ってから青春を謳歌したかったのではないか、と言っていた。それならば、彼女にその青春とやらを経験させてやるのが良い——そう考え至ったのだ。

その翌日から、海殊は行動的になっていた。というより、琴葉が喜ぶためなら行動的になった、という表現が正しいだろう。学校帰りにゲームセンターに寄ったり、ショッピングに出掛けたり、図書館に行って閉館時間までふたりで本を読んだりした。

そんな中で、今日は琴葉のリクエストで漫画喫茶となった。何やら読みたい漫画があるらしいのと、漫画喫茶に一度行ってみたかったそうだ。

確かに、高校一年生ではなかなか漫画喫茶に行こうという発想にはならない。昨年祐樹に誘われていなければ、海殊も漫画喫茶に行く機会などなかっただろう。

もしかしたら眠っていた間に溜まっている漫画を一気に読みたいのかもしれないな、などと邪推しつつ……それなら時間パック料金が安いところがいいだろうということで、駅前の大きな漫画喫茶まで足を運んだ。以前祐樹と来た時に会員カードを作ってあったというのも決め手だ。

「琴葉、どの席がいい？」

座席表から空いている席を見ながら、琴葉に訊いた。

「え、どうしよう。オープン席とブース席って、どう違うの？」

「仕切りがあるかないかって感じかな」

「えっと……このカップルシートっていうのは？」

琴葉が迷った様子で『カップルシート』と記載のある座席表を指さして、おずおずと訊いてきた。

「それは文字通り、なんだけど……」

琴葉の質問に、思わず海殊は目を泳がせる。

実は、先程から海殊もカップルシートが気になっていた。琴葉も周囲の人間を気にしなくて済むし、仕切りがあってふたりで利用できる方が良いのではないかと思っていたし……何より、せっかくなら琴葉とふたりきりになりたいという本音もあった。

ただ、何というか、それを切り出すのには海殊にとってはハードルが高かった。カップルシートで、だなんて言って変な空気になってしまったら、それこそ元も子もなくなる。

「おふたりで利用するのでしたら、こちらのカップルシートがオススメですよ。別々のブースを取られるよりもお値段も安く済みますし、学生さんカップルはよくご利用されています」

店員さんがこちらの何とも言えない空気を読んで気を利かせてくれたのか、カップルシートを提案してきた。

ちょっと恥ずかしかったが、その提案には感謝だ。さすがに自分から切り出す勇気はなかった。

「……だってさ。どうする？」

「じゃあ、それにしよっか……？」

何とも言えない気まずい空気の中互いに視線を交わし、頷き合う。

それから料金を先払いし、渡された番号札のブース席へと向かった。

「通路、結構暗いんだね」

「寝てる人も多いからな。足元気を付けてな」

「うん」

そのまま僅かに足元だけ照らされた通路を歩いていく。

どうやらこの店のブース席は靴を脱いで入るタイプの席しかないらしく、通路には綺麗に揃えられている靴もあれば、投げ出されるようにして脱ぎ捨ててある靴もあった。綺麗に揃えなくても構わないけれど、もうちょっと通行人のことを考えられないのだろうか……とか何とか考えてしまうのは、きっと緊張しているからに違いない。

カップルシートって、実際どんな感じなのだろう？　祐樹と来た時は一番価格の安いオープン席を利用したので、カップルシートがどういった造りになっているのか想像もつかなかった。

「ここかな？」

「ああ、そうだな」

番号札とブース扉の番号が一致しているのを確認してから、扉を開けると――思わず絶句してしまった。

ブース内は床がシート状になっていて、ふかふかなベッドマットみたいになっている。広さはちょうど大人ふたりが足を伸ばして寝転がれる程度で、PCデスクの下には枕が二つほど収納されていた。鞄を置けば、殆ど密着状態になってしまうだろう。しかも、ドアは取っ手を下ろすとロックが掛けられる仕様。完全個室ではないが、半個室状態だ。シートがベッドみたいなこともあって、色々身構えてしまう。

「……なるほど」

「こ、こんな感じなんだね」

どうやら琴葉も同じことを考えていたらしく、そわそわしていた。

「嫌だったら変えてもらうけど、どうする？」

やっぱりこれはちょっとハードルが高かっただろうか、と思って念のため訊いてみる。せっかく来たのに、リラックスできなければ意味がない。

だが、琴葉はくすっと笑って、首を横に振った。

「ううん……ここがいい。ちょっと緊張しちゃうってだけだから」

「そ、そっか。まあ、それは俺も同じかな」

その答えにほっと安堵して、お互いに顔を見合わせて笑みを交わした。

良かった。特に嫌がられてはないらしい。さすがにこの状況でカップルシートが嫌だと言われたら凹(へこ)んでしまう。

「なかなかこんな狭いところでふたりで寝転ぶってないもんね」

「確かに」

「でも、寝転がって漫画読めるのって嬉しいかも」

「それは間違いないな」

そんなやり取りをして、荷物を置いてから漫画を探しに本棚へと出た。

お互いに読みたい漫画を見つけてからドリンクバーで飲み物を取り、ブースの中に戻る。

カップルシートの狭さでは否応なしに身体が触れ合う距離になるので、最初はやっぱり意識してしまった。琴葉が身じろぎする度に身体が触れ合って、ふわりと彼女の香りが鼻を擽る度にドキドキする。自分の心臓の音が彼女に聞こえてしまうのではないかと不安だった。

ただ、それは彼女も同じなようで、身体が触れ合うと恥ずかしそうにちらちらと海殊の方を見ていた。その視線が何となくむず痒くて「何だよ」と訊くと、「何でもないよ」と彼女は面映ゆそうに笑みを浮かべたのだった。

最初こそはお互い慣れなかったが、小一時間もすれば距離感に慣れてきて、自然と身体を寄せ合っていた。

きっと、カップルシートの効果だろう。家でも春子が帰ってくるまでは琴葉とふたりきりだが、ここまで密着することはない。どうにも恥ずかしさが先行してしまうし、身体をくっつける必要性もないので、当然だ。

彼女と触れ合っていると、それだけで心臓が心地良く鼓動を速め、胸が温かくなる。居心地が良い、というのはきっとこういうことをいうのだろう。

隣の琴葉からは体温や息遣いが感じられて、そこに彼女が確かに存在しているのがよくわかった。

水谷琴葉……いや、柚木琴葉は確かにこの世界に存在しているのだ。こうして触れ合える程度には、しっかりと存在しているはずなのである。

しかし、その存在は決して当たり前ではなくて、とても不安定なものだ。それを思うと、無性に泣きたくなってしまう。

こんな時間はあとどれくらい続くのだろうか。もし〝その時〟が訪れたならば、自分の中で琴葉はどういった存在になってしまうのだろうか。見えなくなるどころか、記憶からも消え去ってしまうのだろうか。

漫画の台詞を追っているはずなのに、琴葉のことばかり考えてしまって、内容なんて何も入ってきやしない。

「ねえ、海殊くん」

琴葉が隣に寝転がる海殊へと視線を向け、唐突に話し掛けてきた。手元の漫画はもう読み終わったのか、閉じられている。

「うん？」

「私達、カップルに見えるかな……？」

その青み掛かった大きな瞳で琴葉はこちらをじっと見て、そう訊いた。

「見えるかどうか、じゃなくて……そうなんだろ？」

学校では、一応ふたりは付き合っていることになっている。琴葉がいきなりそう公言したからだ。

結局海殊も否定しなかったせいで、周囲はふたりが付き合っていると思っている。だから、『カップルに見える』ではなくて実際に『カップル』で問題ないはずである。

「うん……そうだった」

琴葉は照れながら微笑んだ。普段よりも深い微笑みだった。

その笑みを携えたまま、海殊の方にほんの少し身体を寄せてくる。自然と彼女との隙間が埋まった。

「海殊くん」

「ん？」

「もうちょっとだけ、こうしてていい……？」

琴葉は心地よさそうに瞑目(めいもく)し、身体をぴったりとくっつけたまま、そう訊いた。

そこから伝わってくるのは、安堵や安らぎといった感情。触れ合い、存在を感じることで安心を得ているのは、彼女も同じだったのかもしれない。

「……ああ」

海殊はそう応えて、漫画のページに視線を移した。

琴葉自身も、自分の存在について不安を感じているに違いない。それは一緒にいれば痛い程伝わってくる。

琴葉が見えているかどうかについては人それぞれで、見える人もいれば見えない人もいる。海殊が彼女と話している時は基本的にその存在を認識されているようだ。

だが、一日、また一日と日が経つにつれて、見えない人の割合が増えてきているようにも感じられた。海殊が独り言を話しているのかと思って怪訝そうに見てから、はっとして琴葉の存在に気付く人も多い。

一方で、祐樹達や大野留美、それに春子は普段と変わらなかった。彼らには琴葉がちゃんと見えていて、普段通り接してくれている。それだけが海殊の支えだった。

琴葉も自身の異常に関しては自覚していた。その証拠に、自分の存在が認識されなかった時は気まずそうにしている。だが、海殊は彼女にそれを気にさせないように、いつも明るく振舞っていた。

琴葉とて、真実を言わないのはきっと言いたくないからだ。或いはそれを言ってしまうと、もしかすると彼女自身が今の状態を保てなくなってしまうのかもしれない。

それならば、見える人達とだけで彼女が日常を楽しく過ごせればいい——海殊はそう考えるようになっていた。

しかし……そんな日は、そう長くは続かなかった。

四章　星空の下で交わした約束

1

翌日に終業式を控えた日の夜だった。春子が夜勤で不在だったので、琴葉が夕飯を作ってくれていた時、からん、と台所から菜箸が落ちる音がした。

これだけなら特に気にする必要もなかった。ただ、それからも何度か同じ音が続いたのである。

心配になって台所を覗きに行くと、彼女は自分の右手を唖然とした表情で見ていた。その右手はぷるぷると痙攣していて、何度も握ったり開いたりしているが、力が全く入っていない。

「……琴葉？」

「な、何でもない！　何でも……ないから」

琴葉は海殊がいることに気付いて、慌てて床に落ちた菜箸を拾おうとするが、手に持った瞬間、菜箸は指の隙間からするりと落ちていた。

どうやら、握力が殆どなくなってしまっているようだった。菜箸を持つことができないのだ。

「あ、あれ？　お、おかしいなぁ……今日、体育で右手首ぐねってやっちゃったからかな？　さっきまで大丈夫だったんだけど……」

琴葉は何とか焦りを隠して笑顔を作っているが、無理をしているのは明らかだった。

体調が悪いとか、手を怪我したとか、そういったレベルの問題ではないことはその表情を見ていればすぐにわかる。〝この琴葉〟の身体そのものが弱っているのだ。

以前、琴葉の容態が悪化している、と彼女の母・明穂は言っていた。もしかすると、病院で寝ている琴葉の〝実体〟の状態が〝この琴葉〟の存在に関わってきているのだろうか。それとも彼女の〝実体〟に関係なく、この琴葉の存在そのものが弱まっているのかもしれない。

そもそも彼女の存在自体が不可思議なものなので、原理については海殊がわかるはずがない。ただ、きゅーを助けた翌日に体調を崩したあたりから、彼女の存在が認知されなくなってきたのは事実だ。もともと〝こちら〟で使える時間やエネルギーに上限があったのか、病院にいる琴葉の容態に変化があったから弱ってしまってきているのかまではわからない。だが、今目の前にいる、〝海殊の知る琴葉〟が弱っていっているのは間違いなかった。

「ごめんね、すぐに洗って――」

気付けば海殊は、菜箸を拾おうと屈んだ琴葉をそっと抱き締めていた。

思わず泣きたくなってしまったからかもしれない。彼女と過ごす、この夢のような時間の終わりが近付いてきていることを、感じ取ってしまったのだろう。それを隠すために、そして彼女の存在を確かめるためにも、彼女に触れていたかったのだ。

「海殊、くん……？　どうしたの……？」

琴葉の声は震えていた。

何かを堪えるようにして、言葉を絞り出しているようにも思えた。

こうして触れていれば彼女は確かに存在していて、彼女の体温も重みも感じることができる。しかし、実際の彼女は今にも消えてしまいそうな程儚くて、それを思うと瞼の裏が熱くなった。

「……大丈夫。俺が作るよ」

琴葉の肩を強く抱き締めて、耳元でそう伝えた。

「でも海殊くん、料理得意じゃないでしょ……？」

「じゃあ、横で指南してくれ。それならきっと、俺でも作れるから」

「うん……わかった」

琴葉の代わりに菜箸を拾って洗うと、彼女に見守られながら調理を開始した。

冷凍ご飯があったので、メニューはチャーハンに替えた。あまり難しくないというのと、今の琴葉の握力ではスプーンで食べられる食事の方が良いと思ったからだ。

それから横で作り方や調味料の塩梅を教えてもらいながら、チャーハンを作った。ただ野菜を刻んで冷凍ご飯と一緒に炒めるだけかと思っていたのだが、手順や調味料の加え方などの工程が思ったよりあって、途中でスマートフォンにメモを取りながら作っていった。

指導の甲斐あって、遂に琴葉特製チャーハンができた。見るからに絶品だ。匂いだけでも美味しそうなのが伝わってくる。

「いただきます」

ふたりでチャーハンを食べ始める。さすがに横で付きっ切りで教えてもらった甲斐もあって、そのチャーハンは美味しかった。美味しかったけれど、同時に悲しくて泣きたくなってしまった。

もう彼女は、料理すら作れないほど弱ってきてしまっているのだ。琴葉を盗み見ていると、スプーンであれば問題なく食事はとれているようだ。だが、この調子でいくとそれすらできなくなってしまう日もそう遠くないのではないだろうか？

きっと、彼女の異変は春子にも気付かれてしまう。その時どう説明すれば良いのだろう？

何もかもが未知の体験で、どう物事を進めて、どう解決していいのかすらわからない。完全な八方塞がりだ。

幸い、春子は仕事で朝まで帰ってこない。今夜はまだ琴葉の身体については悟られることはないだろう。

でも……いつまで隠し通せるんだろうな。

ぼんやりとテレビを眺めながら、チャーハンを口に運んでいる琴葉を見てふと思う。

テレビを見ているようで、焦点は合っていない。ただぼーっとそこにあるものを見ているだけ、という感じだ。

明日の夜はおそらく、三人で食事をとるだろう。その際もスプーンかフォークで食べるメニューでないと厳しい。

だが、それが何日も続くとさすがに怪しまれる。目ざとい春子のことだから、きっと何かしら異変には気付くだろう。

「……？　あ、海殊くんの作ったチャーハン美味しいよ？」

ふとこちらの視線に気付いて、琴葉はいつも通りの笑顔を見せた。

きっと今、彼女自身不安で仕方ないはずだ。それにもかかわらず、彼女は海殊に笑顔を向けてくれている。そんな彼女が愛しくて堪らなかった。

「これから得意料理はチャーハンって言うことにするよ」

「うん。この味なら免許皆伝しちゃう」

ふたりでそんな言葉と笑顔を交わして、食事を続けた。

このチャーハンの味だけは守りたい……何となくだが、海殊はそのように考えていた。

＊

一学期の終業式──それは、海殊が高校生活に於いて二度と『一学期』というものを迎えることがないことを意味していた。高校生で、いや、人生で『一学期』と呼べるものは、二度と味わうことがないのである。

そんなことも相まって、終業式の朝はもう少し感慨深いものでもあるのかなと思っていたが……実際には特にいつもと変わらなかった。それよりももっと大切なものが、今の海殊にはあったからだ。

春子は夜勤が長引いているのか、朝になっても帰って来なかった。朝方、海殊のスマートフォンに【まだ帰れない】と動物が泣いているスタンプが届いていたところを見ると、帰るのはもう少し遅くなるだろう。

春子には申し訳ないが、今日ばかりは仕事が長引いてくれて良かった。弱りつつある琴葉を見られた時の言い訳をまだ何も考え付いていなかったのだ。

そして、今のこの海殊と琴葉の光景の言い訳も。

「手を繋いで登校だなんて……何だかリア充カップルみたいだね？」

琴葉は繋がれた手を見てそう言った。恥ずかしそうではあるが、同時に嬉しそうでもある。

「……そうしないと、お前転ぶだろ」

「うん……そうだよね。ごめん」

彼女は顔を伏せて、ぽそりとそう謝った。

その『ごめん』は一体どこに掛かっているのだろうか。一緒に手を繋いで登校せざるを得ないことに対してなのか、琴葉が転ばないように海殊に気を遣わせてしまっていることに対してなのか、それともそれを想定していつもより早く家を出ていることに対してだろうか。或いは、その全てなのかもしれない。

そう――一晩明けて、琴葉の身体は更に弱まっていたのだ。昨夜は右手だけだったが、今朝になって足にも上手く力が入らなくなったのだという。

もし彼女がここに存在している人間であったならば、間違いなく病院に連れて行っていた。無理をして登校などさせない。普通に休ませていただろう。

だが、もしその間に彼女が消えてしまっていたら――？

その可能性を鑑みると、恐ろしくなってつい学校へと連れ出したいと思ってしまうのだ。

それに、琴葉自身も休むという発想はないらしく、海殊が朝声を掛ける前に制服に着替えていた。おそらく、自身の危うさに関しては彼女も感じているのだろう。

それならば、海殊ができることは一つ。琴葉の望みを叶えてやることだ。学校に一緒に行きたいというならば、一緒に学校に連れていく。どこか別の場所がいいというなら、そこに連れていく。海殊にできることなど、もう限られているのだから。

「別に……俺は、普段からこうしてお前と手を繋いでいたかったから。琴葉の体調が悪いのを利用してるだけだよ」

これは海殊の本音でもあった。

手を繋いだのは、デートをしたあの日以来初めてだ。あれ以降は恥ずかしくて、何だか切り出せなかった。

だが、今となってはそれも悔いるばかりだ。もし琴葉がこんな状態になるとわかっていたら、もっとやりようがあったはずで。恥ずかしくて言い出せない、などと言い訳をしている場合ではなかった。

「そうなんだ……じゃあ、ラッキーかも」

「は？　何が？」

「私も、ずっとこうしてたかったから」

彼女ははにかんで、隣の海殊を見上げた。

面映ゆそうで、幸せそうで、でもどこか寂しそうで。その笑顔を見ているだけで、胸がずきずきとしてくる。

「……なら、もっと早く言い出せばよかったな」

「うん。ほんとだよ」

それからふたりの会話はなかった。ただ黙って、この数週間ふたりで歩いた道のりを歩く。

いつもよりも歩くペースは随分と遅い。琴葉は必死に歩こうとしているが、それでも普段の半分くらいのペースだ。

祐樹達にこの光景を見られたら、何と言われるだろうか？

手を繋いで登校していることを突っ込まれるのか、琴葉の身体の調子を心配されるのか、どちらだろう？

実際のところ、琴葉も無理に学校に行く必要はないのだと思う。確認を取ったわけではないが、おそらく彼女は海殊が授業を受けている間、ひとりで過ごしている。

それも当然だ。彼女は一年生ではないし、彼女が過ごしていたクラスなどもうないのだから、学校で授業を受けることなどできるはずがない。

その間、彼女はどうしていたのだろう？　どこで過ごしていたのだろう？

今となっては、それも不思議な話だ。昼休みや放課後までどこかで本を読むなりして時間を潰していたのだろうが、その間誰からも見つからないなど有り得るのだろうか？

『私、存在感薄いから』

その時、困り顔で言っていた琴葉の言葉が脳裏に蘇った。

もしかすると、彼女は海殊の傍にいないと、最初から存在そのものを認知されにくかったのではないだろうか。

そもそも『水谷琴葉』などという人間は最初から存在しない。『水谷琴葉』とは、彼女が海殊の前で名乗った時に生まれた存在で、その起点は海殊にある。そうであるならば、海殊の近くにいないと彼女の存在は極めて儚いものとなってしまうのではないだろうか。

だから、海殊がいない場所では存在をそもそも認知されない。注視するなど意識をすれば認知されていたのかもしれないが、意識されなければまるで透明人間のように思われてしまう。たとえば、空き教室で琴葉がひとりで本を読んでいても、『水谷琴葉』を知らない人間にとっては、そこには誰もいないように見えてしまうのだ。

『水谷琴葉』の存在が強く意識されるのは、彼女が『水谷琴葉』と名乗った海殊の周りのみなのではないだろうか。海殊の周りの人間のみ彼女が『水谷琴葉』だと認識されるし、より鮮明に視覚化される。即ち、存在を認知されるのだ。

もしかすると、それは琴葉が海殊の恋人だと公言したからかもしれない。あの公言によって、『水谷琴葉』という一年生の女の子は〝滝川海殊の恋人〟だと認知されるようになった。だからこそ、海殊のいるクラスでは当たり前に琴葉が認識されていたのではないだろうか。

もはや彼女が『柚木琴葉』だということはわかっているのだから、いい加減話し合ってみればいいのではないか、とも考えた。

だが、もし『柚木琴葉』の名を口にした瞬間に彼女が消えてしまったらと思うと、とてもではないが話し出せなかった。これぱっかりは、琴葉から話し出してもらわないと、海殊にはどうにもできない。

ちらりと隣の琴葉を見ると、彼女は海殊の手に縋りながら必死に歩いている。握られている手は弱々しく、海殊が力を緩めるとするりと抜け落ちてしまいそうだ。

謎を解明したところで……もう何の意味もないじゃないか。今更俺に何ができるっていうんだよ。

海殊は心の中で舌打ちをして、こんな過酷な状況を生み出した者を強く憎んだ。

琴葉がここに存在しているのは、まさしく奇跡だ。だが、そうした奇跡の先にいるのに、これはあまりに残酷なのではないだろうか。誰が引き起こしたのかまではわからないが、腹立たしくて仕方なかった。

花火大会は、明日だっけか……。

クリーニングに出した浴衣も家に届くだろう。それまで彼女の身体は持ってくれるだろうか。いや、持ってくれなければ困る。

琴葉が見たい景色を見せる——こうして弱っていっている彼女を見ていると、もうそれくらいしか海殊にできることなどないのだから。

「よっ、海殊！」

「うぃっす」

「おはよー滝川」

登校中に、後ろから声を掛けられた。祐樹と聡、そして大野留美の声だ。

「お、おはよう」

海殊は緊張した面持ちで振り返り、挨拶を返す。

隣の琴葉は恥ずかしそうに顔を伏せていた。通学中に朝っぱらから手を繋いでいるのだ。それも当然である。

「いよいよ高校最後の夏休みだねぇ」

「あーあ、またカノジョなしで夏休みだよ」

「いいじゃん、あんたらしくて」

「うるさいよ！　僕はまだ諦めてないからな……！」

そんな会話を交わしながら、海殊の横に並んで三人が歩き出した。

隣の琴葉には一切目もくれず、高校最後の夏休みについてあれこれ語っている。

あ、れ……？

何か、嫌な予感がした。無意識のうちに、琴葉の手を強く握ってしまう。

いつもなら、もし朝の通学中にこうして出くわせば「琴葉ちゃんおはよー」「あー、いいなぁ。僕も可愛い後輩と通学したいもんだよ」だの何だの言っていた連中が、一切何も触れてこない。これは、とても不自然なことだった。

「まー、海殊は国公立志望だもんね。僕らと違って、恋愛どころじゃないか」

「確か、総合型選抜も受けるんだっけ？　海殊のことだから評定平均は問題なさそうだけど、面接とか小論の対策もしなきゃいけないんだろ？　大変だよなぁ……」

祐樹と聡が呆れたような笑みを交わしてから、海殊を憐れむような視線で見た。

そこには何の皮肉や嫌味もなく、ただ純粋に大変そうだという気持ちでそう言っているように思えた。

琴葉は顔を伏せているので、どんな表情かはわからない。ただ、先程よりも足取りが重くなっていた。それがただ歩くのが困難というわけではないのは明らかだ。

「おい……何、言ってんだよ」

海殊はどうしようもない絶望感に苛まれながらも、そう声を絞り出した。

「あん？　どうした？」

「国公立じゃなかったっけ？」

友人達が立ち止まって、怪訝そうに海殊を見る。隣の琴葉には、一切の目線もくれないで。

「お前ら、冗談で言ってんだよな？」

声が震えていた。信じたくない気持ちと、理不尽な怒り、それから恐れ。色んな感情が海殊の中で渦巻いていた。

「は？　何が？」

祐樹が眉を顰めて、首を傾げる。

「俺が最近恋愛に忙しいの、知ってんだろ。後輩のカノジョがいて……一緒に飯食ったりとかして、嫉妬したりして。デートがどうのとか、鬱陶しいくらいに語ってきたりさ……してたじゃねえかよ……！」

ここ数週間、昼休みは五人で過ごしていた。海殊に会いに来た琴葉をとっ捕まえて、一緒に食べようと祐樹と聡が誘ったのが切っ掛けだ。そこに大野留美も加わって、このグループが出来上がった。

そこで琴葉が海殊の恋人だと公言してから、学校では海殊と琴葉は付き合っていることになっている。海殊も悪い気はしなくて、それを否定したことはなかった。

海殊を色恋男と散々からかってきた三人だ。それを知らないはずがない。

しかし——

「はッ!? え!? 海殊、彼女いんの!?」

「しかも後輩!? いつの間に!?」

「ちょっと滝川、それいつの話? こいつらはいいけど、あたしには相談しなよ!」

三人は驚き、そして怒り始めた。

彼らの驚きや怒りはあまりに頓珍漢で、海殊からすれば場違いだ。その頓珍漢さが許せなくて、怒りに打ち震える。いや、怒りというより、ただただ現実を認めたくないだけなのかもしれない。

「ふざけてんのはお前らだろ!? 俺の隣にいるだろ、琴葉が! 朝っぱらから手ぇ繋いでさ! お前ら、そんな俺をからかってんのか!?」

繋がれた手を掲げて、見せてやる。白くて綺麗な手が、そこには確かにあるはずなのだ。海殊はその柔らかで華奢(きゃしゃ)な手の感触を、しっかりと感じているのだから。

だが、三人はぽかんとしたまま、不思議そうに海殊を見ていた。そして、三人ともが気まずそうに顔を見合わせて、申し訳なさそうにこう言った。

「海殊……ひとりで手ぇ上げて、いきなりどうした？」

「もしかして、エア彼女？　あ、そういうギャグ？」

「あ、あーっ……そういうこと？　いや、滝川。さすがにあんたのキャラでいきなりそれやっても笑えないって」

何とか三人は面白おかしそうに冗談で済ませようとしていた。というより、本当に海殊を心配しているようだ。そこには一切の悪気や悪意は感じなかった。

だらん、と繋がれた手が落ちる。

琴葉は俯いたまま何も言葉を発さなかった。海殊も何も言葉を発せなかった。

もう彼らは……琴葉を覚えていないどころか、彼女のことが見えてすらいなかったのだ。

「クソッ！」

海殊はどうしようもなく腹が立ってきてしまって、そのまま彼女の手を引いて学校とは反対側へ歩き出す。

「海殊くん！」

琴葉が海殊を呼び、それに続くようにして三人の友人達も同じく名を呼んでいた。

だが、海殊は足を止めることなく、それらの声を無視して今来た道を戻っていく。

ふざけるな、ふざけるな……ふざけるなよ！

苛立ちが収まらなかった。

繋いだ手からは、確かに彼女の感触を感じるのに。それなのに、彼らにはその存在が認識できないのだ。こんなことが許されていいはずがない。

これではまるで、琴葉がこの世界から拒絶されているみたいではないか。そうやって拒絶するなら、どうして彼女がここにいるのだと、彼女をこの世界に戻した誰かに強い怒りを覚えた。あまりに理不尽で、あまりに可哀想ではないか。

「ねえ、待って！　どこ行くつもりなの？　学校、こっちじゃないよ？」

「帰る。ふざけんなってんだ。あんな場所……お前が否定されるような場所なんて、行ってられるか！」

「海殊くん……」

海殊の強い言葉に、琴葉はくしゃっと顔を歪ませて、それを隠すように俯いた。肩を震わせて、洟を啜らせている。

「俺は……俺は、ちゃんとお前のこと、見えてるから。覚えてるから。絶対に……絶対に！」

海殊も泣きたい気持ちになっていた。

でも、琴葉はもっと辛いはずだ。ここで自分が泣くわけにはいかない、と何とか涙腺に力を込める。

琴葉は海殊の言葉に、少しだけ手を強く握ることで応えた。きっと彼女にとっては精一杯握り返したつもりなのだろう。その弱々しさが、より一層切なさを強めていた。

家に帰るまでの道のりは、無言だった。ただ手を繋いで、家に帰るしかなかった。気の利いた言葉など浮かんできやしない。

こうして琴葉と手を繋いで帰るのは、初めてデートをした時以来だ。あの時は手を繋いでいるだけでドキドキして、甘酸っぱい気持ちで胸がいっぱいだった。

それが今では、切なさと虚しさと、この現象を創り出している誰かへの怒りしかなかった。どうしてこんな想いをしなくちゃいけないんだという理不尽さ、どうしてこんなに彼女を苦しめるんだという怒り、それらが海殊の胸のうちを覆っていた。

海殊の気持ちが伝わっているのか、琴葉は何も話さなかった。弱々しく海殊の手を握り、俯いたまま隣を歩くだけだ。そんな彼女に対して、掛けられる言葉などあるはずがない。

大丈夫だ、とは言えなかった。何とかする、とも言えなかった。

そんな無責任な言葉が何の力も持たないことを、海殊自身がよく理解していたからだ。そして、自分が何の力も持っていないのだと再認識してしまい、余計に辛くなってしまう。

今だけは特別な力を持つ人間になりたかった。彼女を救える、特別な人間に。

「え、海殊？　おかえりー……って、終業式にしても早くない？」

陰鬱な気持ちで家の玄関扉を開けると、ちょうど夜勤から帰ってきたらしい春子が出迎えてくれた。今靴を脱いだところといった様子で、いきなり玄関が開いたので驚いている様子だった。

「母さんもおかえり。まあ、終業式だし、別に出なくてもいいかなって」

海殊は微苦笑を浮かべて答えた。

そうだった。終業式をバックレてしまっていたのをすっかり忘れていた。

「ほう、あの真面目な海殊クンがおサボりねえ？　まあ、いいんじゃない？　あんた真面目すぎたから、それくらいの方がお母さんは安心よ」

春子は柔和な笑みを浮かべて、そう言った。

良かった、母さんはいつも通りだ――海殊が内心、そう安堵の息を吐いた時だった。

「あ、良いこと思い付いたわ！」

春子は唐突に明るい声を上げて振り向くと、こう続けた。

「せっかく海殊も学校サボったことだし、久々に親子水入らずでブランチでも行こっか？　お母さん車借りてきちゃうわよ？」

「えっ……？」

海殊は思わず声を詰まらせた。

隣には、今も変わらず琴葉がいる。手も繋がれたままだ。しかし、春子は琴葉の方を見向きもせず『親子水入らずで』と言ったのである。

嘘、だろ……？

海殊の中で、絶望感が広まっていく。殆ど同じ期間だけ琴葉と過ごした春子にさえ、もう琴葉が見えていなかったのだ。

「母さん……一個だけ訊いていい？」

崩れ落ちそうになった身体を何とか保って、ただ一つのことを確認すべく、春子に声を掛けた。

「なあに？　どっか行きたい場所でもあるの？」

「いや……そうじゃなくてさ。俺の隣に、誰かいる？」

海殊の不自然な言葉に、春子は一瞬固まった。そして、海殊の周囲を見ては怪訝そうに首を傾げる。

「ん？　それは何かの謎かけ？　あ、夜勤明けだからって心配してるなー？　大丈夫大丈夫、お母さんこう見えて身体は——」

「ごめん、母さん。今日はやめとくよ。母さんはゆっくり休んで」

海殊は春子の言葉を遮ると、琴葉の手を引いて再び玄関扉から出て行った。

家を出たその足で駅に向かう。琴葉は俯いたまま、何も言わず海殊の後をついて来ていた。ただ無慈悲な現実を受け入れているようでもある。

「どいつもこいつも……ふざけるのも大概にしろよ」

海殊は琴葉の置かれた理不尽な状況に、怒りを漏らした。

まさか、春子からも認識されなくなるとは思ってもいなかった。彼女は海殊と同じくらい、琴葉と過ごしている。それなのに、こんなにあっさりと忘れられてしまうなんて……これでは琴葉があんまりではないか。

「私、大丈夫だから……」

「大丈夫なわけないだろ！」

強がる琴葉を否定する。見えなくなって、忘れられて大丈夫なわけがない。少なくとも、海殊にとっては全く大丈夫な状況ではなかった。

祐樹達に見えなかったのもショックだったろうが、春子となればその大きさは比べるまでもない。琴葉にとっては祐樹達以上の存在であるのは間違いなかったし、春子も琴葉を可愛がっていた。一緒に服を買いに行ったり、家でもふたりで話し込んでいたり……昼休みや登下校の時だけ会っていた祐樹達とは関係性が異なるのである。

だが、彼女は力なく笑い、こう答えた。

「大丈夫だよ。だって……こういうの、初めてじゃないから」

「なん、だって……？」

その言葉に、海殊は自らの血の気が引いたのを感じた。〝こういうの〟とは、即ち春子から見えないことだろう。

彼女は以前にも、似たような経験をしていたということだろうか？

いつだ、と記憶を巡らせてから、すぐに思い当たった。

それは、数日前のことだ。嵐の翌日、琴葉が体調を崩して学校を休んだ時。

あの日も祐樹達が琴葉のことを忘れていて、海殊自身そのショックで不安になっていたが、家でも違和感がそこかしこに転がっていたのを思い出したのだ。

琴葉が病人であることを知っていたはずなのに、春子は自分の分しか食事を作っていなかった。更に、氷枕の存在を伝えていたはずなのに、それも海殊が帰るまで冷凍庫に入ったままだった。

極めつけは、家に帰った時の琴葉の雰囲気だ。虚ろで、絶望感に満ちた様子で、だきゅーを撫でていた。そして、海殊に声を掛けられるや否や涙を流したのだ。まるで出会った時のように。

「風邪で、寝込んだ日のことか……？」

海殊の問いに、琴葉は少し躊躇した様子で頷いた。

やっぱり俺の予想は正しかったんだ。あの日から、琴葉はもう……。

看病を終えた後、彼女は部屋から立ち去ろうとした海殊の服の裾を摘まんで、怖い夢を見たからもう少し一緒にいてほしい、と珍しく甘えてきた。風邪だから心細くなっているのかと思ったが、本当は怖い夢を見たわけでも風邪で心細かったわけでもなかったのだ。

一つ屋根の下で暮らしていた人からも存在を認知されなかった——それは、どれほど恐ろしいだろうか。悪夢なんかよりも、よっぽど怖かったはずだ。

その時の彼女の気持ちを想うと、胸が痛んだ。当たり前に毎日一緒に過ごしていた人からも見えなくなって、どれだけ心細かっただろうか。もし海殊からも見えなくなっていたらと思うと、どれだけ怖かっただろうか。

どんな気持ちであの時裾を掴んでいたのか、想像しただけで泣きたくなってしまった。

何で琴葉ばっかりこんな目に遭わなきゃいけないんだよ。ふざけるなよ……！

理不尽な怒りだけが、胸を渦巻いていく。

琴葉を連れて駅前まで辿り着くと、海殊はＡＴＭでお金を三万円ほど引き出した。

春子から毎月いくらか小遣いを渡されているが、本代以外は殆ど使い道がなくて、貯金に回していた。昨年の夏にしたバイト代もまだ全然余っているし、数日どこかに行ける分くらいの貯金はある。

「……どこ、行くの？」

三千円ほどＩＣ定期券にチャージをしている海殊を見て、琴葉が訊いた。

「どこか……ここじゃない場所」

こうとしか答えようがなかった。どこか明確に行先があるわけではない。ただ、ここから離れたかった。琴葉の存在を否定するかのようなこの場所から、ただただ離れたかったのだ。

琴葉は何も言わなかった。そのまま彼女の手を引いて、駅の改札に入っていく。

ふたりで同時に改札を通っているのに、周囲の人達は誰もそれを不自然には思っていなかったし、駅員どころか改札機さえも反応しなかった。人間どころか機械にさえにも彼女の存在を否定されているように思えて、余計に苛立ちが募る。

目的地という目的地はなかったが、とりあえず山梨方面の電車に乗った。東京から遠く離れた場所で、できるだけ人が少ない場所、いや、どこかふたりきりになれる場所に行きたかった。

もう自分だけが琴葉を見えていたなら、それでいい——海殊はそのように考えていた。

「無理しなくていいよ」

電車に乗った時、琴葉は力なく、そして申し訳なさそうにそう言った。

だが、海殊は何も聞き入れなかった。無理などしてるつもりはなかったし、むしろ海殊にとっての一番やりたいことが、それだったのである。

ターミナル駅を越えたあたりで人はぐっと減り、ようやく座席に腰掛けられた。もう車内に殆ど人はいないし、琴葉が見えているかどうか、という他人の視線も気にしなくていい。それだけで海殊の気持ちは随分と楽になった。

繋いでいない方の手でスマートフォンを取り出して画面をタップしてみると、春子や祐樹達から心配のメッセージがいくつか届いていた。

祐樹達はともかく、春子には何か返事をした方がいいと思い、【今日は外泊する。琴葉も一緒だから心配しないでくれ】とだけメッセージを送っておいた。今の彼女にとって『琴葉』が認識できるかどうかわからないが、これはせめてもの抗いだった。

こうしてメッセージに残しておけば、琴葉という存在が残ってくれるのではないか、春子が琴葉を思い出してくれるのではないか……そんな淡い希望も込められていた。

「……ごめんね」

隣の琴葉が唐突に謝った。

何だか、彼女には謝られてばかりだ。まるで自分の存在を詫びているようにも聞こえてしまう。

「謝るな。お前は……何も悪くないだろ」

海殊はそう答えて、メッセージ欄を閉じてからブラウザを起動する。

ただ目的もなく放浪するわけにもいかない。どこかふたりで過ごせそうな場所を探す必要があった。

「俺は……俺は、諦めないからな。絶対、諦めないから」

「……うん」

琴葉は力なく微笑んで頷くと、そっと海殊の肩に頭を乗せた。

自らの肩に彼女の重みを感じつつ、海殊はスマートフォンで行先を吟味する。

何を諦めないのか——それについては、正直もう海殊自身もわからなかった。

だが、この不条理な世界に対してだけは抗いたかった。

たとえこの世界が琴葉を拒絶したとしても、自分だけは彼女の隣に立つことを、諦めたくなかったのだ。

2

　海殊と琴葉が目指した場所は、山奥にあるキャンプ場だった。そのキャンプ場には素泊まりコテージがあるのだ。

　電車での移動中に調べていたところ、料金もそれほど高くなくて、駅からバスで1時間程度の所にあるコテージを見つけた。コテージ一つ一つが離れていて、他の利用客と接触する可能性もなさそうだ。

　今の海殊達にとってはうってつけの場所だった。他の人達に琴葉が見えないのなら、ふたりきりで過ごして周囲の視線を気にしなくていいという利点もある。

　ただ、明日は琴葉が見たがっていた花火大会があるので、一度家に戻ることになるだろう。その際に春子にどう話せばいいのか、未だ何も思いついていない。

　だが、今はそんな後先よりも、琴葉と過ごす時間を大事にしたかった。というより、既に現実離れしている問題が生じているのに、後先など考えていられない。その時その時になってから、目の前にある問題を解決していくしかないのだ。

　ふたりはキャンプ場の最寄り駅前にあるスーパーで食料を色々買い込んだ。今の琴葉では調理も難しいことから、インスタント食品やスナック菓子、琴葉の好きな甘いお菓子……買い込み過ぎて、二日でも食べきれない程の量になっている。

「こんなに食べたら太っちゃうよ」

「夏だし、ちょっと運動したら痩せるよ」

　そんな会話のやり取りをして、バスに乗り込んだ。その際に、運転手が怪訝な顔をして海殊を見た。明らかに地元の人間でない者が、ひとりで話しながら大量の食べ物を持っているのだ。きっと、彼からすれば気味が悪かっただろう。

　今はそれらに関して、一切気にしない。もうここに来るまでの間、散々変な目で見られたのだ。今更気になるわけがなかった。

　一応であるが、制服で移動するのは色々面倒事もありそうだったので、途中で着替えを買った。シャツとジーンズだが、琴葉のコーディネートで普段の私服よりは少し大人っぽい装いとなっている。

　一緒に琴葉の着替えも買おうと提案したのだが、彼女は物悲しげに微笑んで、首を横に振っただけだった。

　それから、海殊達以外に乗客がいないバスの一番後部座席に座って、琴葉と語らいながらバス移動を楽しんだ。

　さっきまであった憂鬱な気分はどこかに消えて、何だか駆け落ちをしているみたいでドキドキした。そうして他に誰もいない空間だと、純粋にふたりの時間を楽しめたのだ。それは琴葉も同じようで、電車の中で見せていた物悲しそうな表情は消えていた。

およそ一時間近いバス移動を終えてからコテージの受付に辿り着くと、料金の支払いを済ませて鍵を受け取った。

年齢に関しては大学生ということにしてネット予約をした。最初はバレるのではないかとそわそわしたが、特段疑われることもなかった。大人っぽい雰囲気だったのが功を奏したのかもしれない。

受付がある建物の外で待たせていた琴葉と合流すると、ふたりでそのままコテージへと向かった。まだ夏休み前だからか人は殆どおらず、コテージまで誰とも会わずに辿り着けた。

「おお……値段の割に本格的なんだな」

「うん、素敵！」

コテージの中に入ると、海殊と琴葉がそれぞれ感嘆の言葉を漏らした。

建物はログハウスになっていて、室内は木の香りで覆われていた。建物は一階建てだが、リビングに風呂、トイレ、台所がある。部屋の隅に布団が二組並んでいて、寝床にも困らなさそうだ。ネット回線も繋がっているらしくて、本当にここで生活できそうだった。

「ご飯食べたら、周りの森を探検しに行こ？　色々新しい発見がありそう！」

　琴葉が笑顔で提案してくる。

　電車に乗っていた時は元気がなかった彼女だが、バスに乗ってからはややテンションが高い。歩く速度や握力なども戻っていて、体調もかなり回復したように感じる。今では歩くことや何かを持つことも苦ではないらしく、受付からコテージまでもひとりで歩いていた。まるで消え入ってしまいそうな命の灯を一生懸命燃やしているような気がしてならなかった。

「ああ。じゃあ、カップ麺食って早速行くか」

「うん！　お湯沸かすね」

　いそいそと準備をし始める琴葉と並んで、一緒に仕度をする。何だか同棲を開始したカップルみたいで、ちょっと照れ臭かった。

　それから夜までの間、海殊と琴葉は夏を満喫した。

　昼食を食べた後はコテージを出て、周囲の森を散策。琴葉は蛇や虫を見てキャーキャー騒いだり、小川に足を浸しながら気持ちいいと言ったり、野生の兎を見つければ可愛いと顔を輝かせたりしていた。色とりどりの自然と同じくらい多彩に輝く彼女の顔を見ていると、海殊はそれだけで幸せな気持ちになれた。

　それと同時に、この時間はそう長くは続かないのだろうと心の何処かで感じてしまって、泣きたくもなってしまう。それだけは琴葉に悟られまいと、普段より大袈裟に喜んだり驚いたりして、夏を精一杯楽しんだ。彼女と過ごすこの夏だけは、絶対に忘れないように。

夕暮れになってコテージに戻ると、ふたりでインスタントな夕食を食べた。

本当は琴葉に何か作ってもらった方が絶対に美味しいのだが、もう多くは望まない。彼女と一緒に食事をとれるだけでも、今の海殊にとっては幸せだった。

「天気良いし、外出てみない？　流れ星見えるかも！」

ふたりともシャワーを浴び、夜の九時を過ぎたあたりだ。髪を乾かし終えた琴葉が、唐突にそんな提案をした。

このあたりは街灯がないので、コテージの電気さえ消してしまえば外の明かりは一切なくなる。山の上でもあるので、きっと夜空が綺麗に見えるだろう。

「お、それいいな。俺、流れ星見たことないんだよ」

「実は私も。今夜見れるといいね」

ふたりは笑みを交わし合って、電気を消してから外に出た。七月の下旬でもう夏なのに、外はクーラーが不要なくらい涼しくて気持ちが良い。

コテージの前の芝生にふたりして並んで寝っ転がって、真っ暗な世界から夜空を見上げた。

「わ、ぁ……凄く綺麗」

隣の琴葉が感嘆の声を上げた。

「ああ。凄いな。星に手が届きそうだ」

海殊は無意識にその星空に向けて手を伸ばしていた。

都会から見るより空が近くて、何だか星が掴み取れそうな気分になってくる。夜空から星が降ってきているように一つ一つの星々がくっきりと見えていて、それぞれが強く輝いていた。

「あれがデネブでしょ？　あっちがアルタイルで、それでこっち側にあるのがベガ」

琴葉が夏の大三角をそれぞれ指さして言った。

「何か昔流行った曲の歌詞みたいだな」

海殊達が小学生くらいの頃に流行った楽曲だ。どこに行っても流れていたので、そのフレーズには聞き覚えがあった。

「えへへ、バレた？」

悪戯っぽく微笑んで、琴葉は海殊の手をそっと握った。その手を握り返して、夜空を眺める琴葉の横顔を盗み見る。

琴葉はご機嫌な様子で、その楽曲の鼻歌を歌っていた。彼女の鼻歌を聞きながら、視線の先を横顔から夜空へと戻す。

「……私のこと、もう全部わかってるんだよね？」

鼻歌が途切れたかと思うと、琴葉が唐突にそう訊いてきた。

「いや……俺が知ってるのは、お前が水谷琴葉じゃなくて、二年前まで同じ学年だった柚木琴葉ってことだけかな」

海殊は少し躊躇したが、そう答えて続けた。

「後は……その柚木琴葉が事故に遭って以降、ずっと眠り続けてるってことくらい」

「それ、殆ど全部知ってるってことだよ」

少し茶化した様子で、琴葉が笑った。

今もまだ右手には琴葉の手があって、彼女の感触がある。それにほっと海殊は小さく安堵の息を吐いた。この話題を出したからといって、唐突に彼女が消えてしまうといったことではなさそうだ。

「いや、全然わかってないよ。お前がもし病院で寝ているなら……俺が毎日話していて、今こうして触れているお前は何なんだよ」

ずっと心に秘めていた疑問を、遂に口に出す。

これを実際に言うのは、少し勇気が必要だった。だが、琴葉からこの話題を出したということは、もう話してくれる気になったと理解していいのだろう。

琴葉は「ごめんね」と前置いてから続けた。

「何でここにいるのかは……正直、自分でもわからないの」

「わからない？」

「うん……ずっと、夢を見てて。毎日夢を見てて……でも、そうして夢を見る時間もどんどん減っていって。きっとこのままいくと、私は消えちゃうんだろうなって……思ったの」

琴葉曰く、事故に遭って以降は毎日夢を見て過ごしていたのだと言う。感覚的にいうと、浅い眠りと深い眠りを繰り返している状態が近いそうだ。

浅い眠りの時には彼女は自分の意識や思考を自覚できて、自分が生きているのだと実感できる。うっすらと母親の声が聞こえていることもあって、彼女なりに精一杯身体を動かして意思を伝えようとしていたそうだ。

どこまでが現実でどこまでが夢なのか、眠ったままの琴葉には理解できなかった。彼女にとってはそれが毎日の繰り返しで、時間の概念もなかったらしい。

しかし、ある時を境にそんな彼女の毎日に異変が生じた。

意識が覚醒している時に、白い靄が掛かり始めたのだ。その靄が濃くなるにつれ、自分の意識がどんどん薄れていくのを感じたのだと言う。

海殊はその話を聞きながら、それが明穂の言う『容態が悪くなってきた』状態なのだろう、と察した。

「それで……私、願ったの」

「願った?」

「うん……もう少しだけ時間が欲しいって。ほんの少しでいいから、希望を下さいって……そう、強く念じたの」

その懇願の後に見た夢で、琴葉はあの場所——海殊と出会ったあの公園にいたのだという。海殊が彼女に話し掛けたのは、それから間もないことだったらしい。

そこで彼女は初めて自分がこの世界に存在していて、誰かに認識されたことを実感したのだそうだ。

「そっか……それで、あの時泣いてたのか」

海殊の言葉に、琴葉はこくりと頷いた。

彼女は海殊に話し掛けられると、唐突に涙していた。当時は涙の理由がわからなかったが、今ならわかる。あれこそが自分が誰かに見えていて、誰かと接することができると実感できた瞬間だったのだ。即ち、夢だと思っていたことが、夢ではなかったと実感できた時だったのである。

「ねえ、海殊くん。たとえばだけど……夢を見ている時に、夢か現実かわからなくなることって、ない?」

「ん? まあ、そういう夢ってたまにあるよな。冷静に考えたら夢だってすぐにわかるのに、何か必死になっちゃってさ」

夢の中では現実だと思い込んでいて、驚いて跳び起きてしまったことも屡々だ。そういった夢の殆どは目覚めた瞬間に記憶から消えていて、内容を思い出すことは難しい。

そこまで考えて、「あっ」と声が漏れた。

「多分……今の私って、そういう状況に近いんだと思う」

海殊の考えを読み取ったのか、琴葉はそう補足した。

「夢か現実かわからないってことか？」

「うん。正確に言うと、それがもっと酷くて、夢と現実がごっちゃになっちゃってる状況って言えばいいのかな。今の私は夢を見ているはずなのに、夢の中で現実の世界にいるの。でも、これが夢っていうことも自覚できちゃってて……」

琴葉は小さく溜め息を吐いて、瞳を閉じた。

「何でそう思うんだ？」

「さっき、浅い眠りと深い眠りを繰り返している状態って言ったじゃない？　浅い眠りにいる時は自分の自我とか状況とかわかってて、自分が寝たきりなんだろうな、とか、お母さんが話し掛けてくれてるんだな、とか。そういうのが何となくわかるって」

「ああ、言ってたな」

「海殊くんといる私が眠ると、浅い眠りの状態に入ってあっちの私に意識が戻るんだよ。寝たきりで、白い靄に意識を浸食されていっている私に。それで、その意識が薄れていって深い眠りに入ると、こっちの私としてまた目覚める。私は夢を見ることで、海殊くんと会ってるの」

こんな話信じられないよね、と琴葉はくしゅっと崩れた笑顔をこちらに向けた。笑おうと思っただけど失敗したような、そんな笑顔だった。

今日に至るまでに様々な現象を目の当たりにしていなければ、とてもではないが信じられなかっただろう。彼女の言葉を借りるならば、まさしくファンタジーだ。

「だから、こっちの身体が目覚める度、毎日安心して泣きそうになっちゃった。まだ私はここにいていいんだって……でも、きっともうそれも長くなくて」

「何で、そう言い切れるんだよ」

「だって……あっちの私の世界、もう真っ白なんだもん。殆ど何も見えないくらいに、白い靄に覆い尽くされちゃってて……こんなの、どうしようもないよね」

琴葉は泣きそうに笑って、それを隠すように星空へと視線を戻した。

琴葉の意識、いや、自我や記憶を覆い尽くさんとする白い靄。その靄の話は明穂から聞いた話とも合致する部分が多い。

事故に遭って以来昏睡状態の琴葉。最近になって脳波の反応が弱くなり、このままでは回復の見込みが薄いと明穂は言っていた。

きっと、靄が濃くなればなるほど脳波が弱まり、琴葉の意識や自我が失われていくのだ。その機能が弱まらないために琴葉は夢を見ていた……そうは考えられないだろうか？　だからこそ、彼女はずっと夢を見続けていたのだ。

そして、そんな永い時間を経て、遂に奇跡が起きた。最後に与えられた夢として、この世界で生きることを許されたのだ。

今琴葉がこの世界に降り立てたのは、永い永い時間を待ち続けた彼女に与えられた、ご褒美のようなものなのかもしれない。

しかし、その時間は永遠ではない。容態が悪化すれば靄が濃くなり、夢を見ることさえもできなくなってしまうからだ。

夢を見ることができなければ、この琴葉は自らの存在を保てない。何故なら……今、ここにいる琴葉は、夢と現実の狭間を生きているのだから。

その夢の時間は、もうすぐ終わろうとしている。

春子や祐樹達からも琴葉の記憶は消え去り、遂には見えなくなってしまった。それは即ち、夢の世界を保つことが今の琴葉にとって困難となってしまっているからだ。

そしてそれらの事実は、そう遠くない未来に海殊の身にも同じことが訪れることを示唆していた。

「奇跡は、ずっと続くわけじゃないんだよ」

琴葉は諦観に満ちた声でそう言い切ると、海殊から顔を背けた。

「でも……でも、今のお前は少し調子が良いじゃないか。回復している兆しなんじゃないのか？」

彼女の言葉を否定したくて、海殊はそう問い返した。

実際に森の中の獣道も普通に歩けていたし、握力も戻っていた。朝は手を握り返すことすらままならなかったが、今ではしっかりと手を握り返してくれている。回復していると言えなくもない。

しかし、琴葉は首を横に振った。

「多分ね……もう後がない状態なんだと思う。もうすぐ終わっちゃうってわかってるから、後先考えずに海殊くんとの時間を楽しみたいって。それが今の私の、一番したいことだから。でも……」

そこで、ぐすっと鼻を鳴らしたかと思うと、声が潤んだ。

「琴葉？」

慌てて身体を起こして隣を見ると、そこには泣きじゃくる琴葉の姿があった。

「海殊くんに忘れられるのは、やだ……やだよ」

涙声でそう言った時、遂には我慢の限界に達したのだろう。琴葉は海殊の身体に縋りつくようにして、咽び泣いた。

誰かの記憶から抜け落ち始めた時から、そして誰かの視界に映らなくなり始めてから、彼女はずっと海殊に忘れられることを恐怖していたのだ。誰かに話せる内容でもない。もし話そうものなら、それは自分がこの世ならざる存在だと言ってしまうことになる。

彼女はずっと、身体と意識が弱っていくのを感じながら、自分の存在が薄れていくのを感じながら、たったひとりで孤独と消えゆく恐怖に耐えていたのである。

そして、今……全てを話したのは、いつまで自分が姿を保っていられるのか、もう彼女自身にもわからないからだ。

「嫌だ……そんなの嫌だ！　お前のこと、忘れたくねえよ……！」

海殊の瞳からも涙が零れ落ちていた。

ただその細い体を抱き締めて、彼女の体温や香りを感じて、たとえ無理だとわかっていても、その存在を脳裏に刻むことしかできなかった。

「こんなに誰かのことを好きになったのなんて、初めてなんだ……ずっと一緒にいたいって思ったの、初めてなんだよ。なあ琴葉、頼むよ……傍に、いてくれよ」

無理な願いだというのは海殊自身わかっていた。

何故なら、今ここにいる琴葉は……本当の琴葉ではないからだ。人ならざる者によって奇跡がもたらされて、夢の中の彼女が現れているに過ぎない。

「私だって……忘れてほしくない。離れたくない。こんなにも海殊くんのこと、好きなのに……大好きなのに！」

琴葉は海殊の首根っこに腕を回して、慟哭した。

「好きな人と過ごせる毎日を手に入れたのに……こんな夢みたいな生活を手に入れたのに。どうして私だけこうなるの……!? どうして？　ねえ、誰か教えてよ……！」

涙を流しながら誰かに哀訴する琴葉を、海殊はただ抱き締めることしかできなかった。自身も落涙に咽びながら、ただ泣きじゃくる彼女の髪を撫でることしかできない。

そんな無力な自分を、ただただ呪うことしかできなかった。

だが、人なる者に人ならざる者のことなどわかるはずがない。ましてや、どのような原理で彼女がここにいるのかさえわからないのだ。不条理の中にある不条理など、誰に訴え掛ければいいのかさえわからない。

夏の夜空の下、互いを抱き締め合いながら、不幸を呪い、涙に掻き暮れる他なかった。不条理な不幸の前に、それ以外にできることなど何もなかったのだ。

「ねえ……海殊くん」

「うん？」

「海殊くんは、誰かとキス、したことある……？」

ふたりの嗚咽が忍び泣きに変わった頃だった。琴葉が顔を上げて、海殊に訊いた。

「……あるわけないだろ」

そう言うと、彼女はくすっと笑った。

「良かった……私も同じ」

「知ってる。本の中の恋愛にしか興味なかったんだろ？」

「もう。人の過去を詮索しないでよ。恥ずかしい」

琴葉は少し怒った顔を作ったものの、すぐに顔を綻ばせた。

「何かの本で読んだけど、男の子ってファーストキスの相手は一生憶えてるっていうじゃない？　あれってほんとかな……？」

「さあ……」

海殊は何も返せなかった。したことがないのだから、わかるはずがない。

だが、その話は海殊も何処かで聞いたことがあった。何かの小説だったかもしれないし、映画かもしれない。或いは、別の媒体の可能性もある。

「じゃあさ……試してみない？」

涙で潤ませた瞳で、恐る恐る琴葉が上目で海殊を見つめて言った。

「試す？」

「うん。ファーストキスの相手なら忘れないのかどうか……私達で試してみるの」

まるで、子供みたいな提案。藁にも縋りたいというのは、まさしくこういった状況を指すのだろう。今のふたりにはそんなことしか縋れるものがなかったのだ。

「こんな可愛い子と初めてのキスをしたら、忘れるわけがない」

「ほんとかなぁ」

「絶対に忘れない。絶対だ」

琴葉の目を見据えて、しっかりとそう宣言してみせる。

無駄な抵抗かもしれない。その時が訪れたら忘れてしまうのかもしれない。だが、何か一つでも強く印象に残ることがあれば、覚えていられる可能性もあるのではないだろうか。それならば、その一縷の望みに賭けてみたい。

いや……そうではない。海殊はただ、彼女と過ごした証が欲しかったのだ。彼女と過ごしたこの時間を覚えていたいし、彼女が存在した証が欲しいのである。

日を合わせて、お互いに相手をじっと見つめる。

夏の夜空がその綺麗な瞳に反射していて、いつも輝いている瞳がより輝いて見えた。

どちらともなく顔を寄せて……ふたりの唇が重なる。一度してからは、止まらなかった。何度も何度も唇を重ね合わせて、記憶の隅々にまでその存在を刻み込んでいく。

初めてのキスの味は、ふたりの涙が混じり合っていたせいで、やけにしょっぱかった。だが、それでもふたりの口付けは止まらない。一回一回のキスの味、感触、息遣い、体温、それら全てを脳裏に刻んでいく。

それから暫くの時を経て、唇を離した時に、琴葉は涙を流しながらこう言った。

「私のこと……ちゃんと憶えててね？」

五章　それでも君を想い出すから

1

翌朝――海殊が目覚めると、そこはコテージの中だった。

周囲を見渡しても、人がいる気配はない。寝具は海殊が寝ていた分だけが敷かれていて、別の一組は部屋の隅っこに綺麗に折り畳まれていた。

「あ、れ……？　何で俺、こんなところにいるんだ？」

自分の記憶を整理してみるが、どうして自分がここにいるのか、よく覚えていなかった。

確か昨日は、終業式のはずだ。だが、登校中に何か嫌なことがあって、出席せず家に帰ったのである。そして帰宅後、春子にも何か不愉快な気持ちを抱いて、そのまま家を出てこのコテージに来た――ということまでは覚えている。

だが、その肝心（かんじん）の理由が思い出せない。

待て……俺は、一体何にあれだけ怒っていたんだ？

これまで真面目一貫で優等生をしてきた海殊である。ちょっと嫌なことがあったくらいで学校を休んだり、ましてや春子に怒りを覚えたりするはずがない。

それなのに、その肝心な部分――何に怒りを覚えたかについては一切思い出せなかった。どうしてか家を飛び出し、そのまま電車の下り方面に乗って、このキャンプ場を目指していた。その動機が一切わからない。

キャンプ場では、探検したり夜空を見上げたりして、とても楽しかった記憶がある。

そして、その後にとても悲しい気持ちになったのだ。

しかし——それが何に対して、誰に対してそれらの感情を抱いたのか、という記憶は綺麗さっぱり抜け落ちていた。

釈然（しゃくぜん）としないまま海殊は起き上がると、布団を畳んで部屋の隅の布団の横に並べる。

それからもう一度記憶の断片を取り戻すべく、コテージの中を見て回った。

部屋の中は綺麗に片付けられていて、それはまるで誰かが掃除をしてくれた後のようであった。無論、海殊にはそれらを掃除した記憶はない。

念のためゴミ箱の中を覗いてみたが、そこには昨夜食べたであろうスナック菓子やカップラーメンの容器があっただけだった。

「あれ……？」

海殊はそのゴミ箱の中に何か違和感を感じて、ゴミを取り出した。

そこにはひとりで食べる分には些（いささ）か多いスナック菓子と、二人分のカップラーメンの容器と割り箸。そして、海殊が好まないような甘いお菓子もあった。

「これを、食ったのか？　俺が……？」

海殊からすれば、何かゲームで負けた際の罰ゲームでないと食べないようなお菓子だ。だが、靄がかかった記憶の中にも、お菓子やカップラーメンを食べた記憶が微かにある。おそらくこの甘いお菓子も食べたのだろう。

「おいおい、勘弁してくれよ……この年で記憶障害は堪ったもんじゃないぞ」

海殊はぼやいて洗面台に行くと、そこにはアメニティの歯ブラシが二本置かれていた。どちらも使用済みで、そのうちの一本は昨夜の自分が使ったもので間違いない。だが、もう一本は……？

先程から、そこかしこにある違和感。それは海殊以外に誰かがいたのではないか、と思わされるものだった。

しかし、海殊にはひとりでこのコテージに来た記憶しかないし、ひとりで過ごした記憶しかない。

何とも気持ちの悪い感覚だけが、海殊の周囲に残っていた。その気持ち悪さは決して気味の悪さではなくて、『何かが足りない』というモヤモヤとした何かだった。自分にとって大切なものが欠けている気がしてならなかった。

スマートフォンの記録を辿ろうにも、電池が切れてしまっていて、うんともすんとも言わない。充電器が入っている学校鞄を家の玄関に叩きつけてそのままここに来てしまったので、充電できなかったのだ。

仕方なしに帰り仕度をして、そのままコテージを後にする。

帰りのバスの中から見る景色は、どこか虚しかった。寂しくて胸が痛くなる。だけれど、どうして自分がそんな気持ちになるのか、海殊にはさっぱりわからなかった。

それに、行きのバスでは楽しかったのを覚えている。これで人の目を気にせずとも良い、と気楽に笑い合っていた記憶があった。

待て……俺は、誰と笑い合っていた？

昨日、このバスには誰かと乗っていた気がする。しかし、それが誰だか思い出せない。

地元の了と仲良くなった、とかか？　それで、コテージで遊んでいた、とか？

そう考えて、待て待て待て、と自分の思考を否定する。

そう、海殊の記憶には、昨日ひとりで過ごした記憶しかないのだ。だが、その記憶はとてもあやふやで、まるでキツネにつままれたかのようでもあった。

記憶はないのに、誰かと過ごしていた形跡と感覚が、海殊の中には確かにあるのだ。

神隠し(かみかく)に遭った気分というのは、こんな感じなのかもしれない。

結局、バスの窓から景色を眺めていても、記憶の手がかりは一切なかった。ただ虚しい気持ちと喪失感だけが心の中を支配していた。

それは家に帰るまでの道中でも同じだった。ただただ何かが欠落した感覚と、どこか悲しい気持ちだけが胸を締め付けていた。

「あれ、あんたひとりだったの？」

昼頃に家に着いて玄関扉を開けると、仕事の準備をしていた春子がやや驚いた声を上げた。

「え？　そうだけど……？」

「だってあんた、昨日どこかに誰かと泊まりに行くって連絡寄越してたじゃない。電話にも出ないし、心配したんだから」

スマートフォンを持って、少し怒ったようにして春子が言った。

そうだ、とそこで海殊は思い至った。昨日、春子を心配させないようにメッセージを送ってあったのだ。

そこに何かの答えがあるのかもしれない。今朝からずっと抱いている違和感の答えが。

「それ！　それ、何て書いてあった!?」

「ちょ、ちょっと……どうしたの、ほんとに」

息子が血相を変えて詰め寄ってくるので、春子は無意識に身体を仰け反らせてスマートフォンを引いた。

「何て書いてあったって……あんた、自分のスマホ見ればわかるじゃない」

呆れたような、訝しむような表情をしつつ、春子はメッセージを見せてくれた。

そこには【今日は外泊する。●▲も一緒だから心配しないでくれ】とだけ記載があった。確かに海殊が送ったものだし、何となくこれを送った記憶もある。

しかし、肝心の名前の箇所だけ文字化けしており、それが誰かは読み取れなかった。

「今朝見たら、何か名前のとこだけ読めないから余計に心配になっちゃって。でも、昨日これを見た時は全然何も思わなかったのよね。何でかしら？」

春子は首を傾げて、怪訝そうにしている。その時──

「にゃー」

居間の方から、可愛らしい猫の鳴き声が聞こえてきて、とことこと海殊の方まで歩いてきた。今月から飼い始めた子猫の〝きゅー〟だ。

「あ、きゅー。どうした？　ご飯か？」

海殊は撫でようと屈んで手を差し出すが、きゅーは横を素通りしていって──海殊の少し後ろの空にすり寄った。

「全く……全然俺には懐いてくれないな」

どうしてか唐突にぺろぺろと空を舐めているきゅーを見て、嘆息する。

こいつは男にはあまり懐かないのだ。海殊に寄ってくる時は腹が減っている時だけである。

「ってか、何で猫飼い始めたんだっけ？」

「はあ？　あんたが捨て猫を拾ってきたんじゃない。雨の日に、川に流されそうだったからって」

「え？　……あ、ああ。そういえば、そうだった」

　春子の言葉で、その日の出来事を思い出す。

　確か台風が来るか来ないかといった日で、この子猫が川に流されそうになっているところを海殊が飛び込んで助けたのだ。

　いや……そうだったか？

　その時の光景を思い出していると、自分以外にも誰かがいたような気がした。

　そもそも、大雨で水位が上がっている川に飛び込むような真似は海殊ならばしない。そうするだけの別の事情があったはずだ。

　……ダメだ、さっぱり思い出せない。

　相変わらず、記憶に靄が掛かっていて肝心のことが思い出せなかった。何か掴めそうだと思ったのに、その記憶がするりと手から抜け落ちていく感覚。今朝からそんなことばかりが繰り返されていて、さすがに辟易してきた。

とりあえず手と顔を洗おうと洗面台に行くと、そこには見慣れない歯ブラシやコップがあった。明らかに若い女の子が使うようなファンシーなものだ。

それだけでなく、部屋の隅々にも見覚えのない小物がちらほらある。これも海殊や春子の趣味ではなかった。どちらかというと十代の女子が好みそうなものばかりだ。

「なあ、母さん趣味変わったの？　さすがにちょっと若過ぎない？」

海殊が洗面台に置かれていた歯磨き用のプラスチックコップを手に持って訊いた。可愛らしい絵柄が描かれていて、ちょっと自分の親が使うにしては恥ずかしい。

「え、それあんたのじゃないの？　あたしはそんなの使える歳じゃないわよ」

春子が驚いて海殊を見る。その表情から見て、嘘やからかいではないことは明らかだった。

「……そう、だよな」

海殊は納得しつつも、今日何度目かに味わう奇妙な感覚に苛立つ。

誰かがいたかのようなコテージ、自分が絶対に食べないであろうお菓子に自分が送った謎のメッセージ、そして家の中の小物や子猫……自分達以外の誰かがいたかのような痕跡（こんせき）がそこかしこにある。

しかし、その全てがふわふわしていて、春子も海殊も思い出すことができない。そして、それらの小物を見ていると、それだけで胸がきりきり痛くなって、切なくなってくるのだ。

どうにもならない居心地の悪さだけが、海殊の胸の中を満たしていった。そんな鬱々とした気分を振り払おうと二階の自室に向かおうとした時——来客を告げるインターフォンが鳴った。

「あ、ごめん海殊。あたし今手が離せないから、ちょっと出ておいてー」

「……うい」

化粧鏡の前にいる母の言葉に応えて玄関扉を開くと、そこにはクリーニングの配達員の姿があった。

海殊は配達員からその品を受け取ると、眉を顰めた。

「……浴衣？」

それは浴衣だった。一瞬配達間違いかと思ったが、宛名は滝川春子となっている。どうやら、春子が浴衣のクリーニングを出したことには間違いないらしい。

それに、この浴衣は海殊も見覚えがあった。若かりし頃の母が着ていた浴衣だ。保存状態が良かったのと、殆ど着られていなかったということもあってか、まるで新品みたいに綺麗になって返ってきている。

「なあ、母さん。何で浴衣？」

コンシーラーを塗っていた母に、配達員から受け取った浴衣を見せて訊いてみる。

春子は「え？　浴衣？」と驚いてこちらを振り向いて、浴衣をまじまじと見つめた。

「あー……それ確かにあたしの浴衣よね。何で浴衣なんてクリーニングに出したんだろう？　もうこんなの着れる歳じゃないのにね」

春子は微苦笑を浮かべて「誰かに譲ろうとしてたのかしら？」と首を傾げた。

どうやら、クリーニングに出した本人でさえも覚えていないようだ。

「ごめん、仕事から帰ってから仕舞うから、ちょっとテーブルの上に置いておいて。きゅーが届かないところにね」

母の言葉に頷いて、その指示通りにテーブルの上に浴衣を置いた。

だが、どうしてだろうか。

この浴衣が届くことを、楽しみにしていた自分がどこかにいるのも事実だった。誰かがこれを着るのを楽しみにしていた自分が、確かにいたのだ。

……ああ、もう。ほんとむしゃくしゃするな！

海殊は大きく溜め息を吐くと、冷蔵庫の中から麦茶を取り出して一気飲みすることで、その苛々を静めようと努めるのだった。

それから間もなくして、春子は家を出た。

母を見送ると、海殊は冷凍庫から作り置きしておいたチャーハンを取り出し、レンジで解凍して食べてから、自分の部屋に戻った。

窓を開け放って、部屋の中の熱気を解放する。空気を入れ替えてから冷房を入れれば、すぐに快適な空間を作れるだろう。

何だか色んなものがモヤモヤしていて、気持ちが悪かった。ただ、色々不自然なことは起こっているものの、今日から夏休みであることには変わらない。受験勉強など諸々やることは多いが、初日くらいはもう寝てしまおう——そう思ってベッドにどさりと寝転がった瞬間だった。

窓の外から少し強い風が入ってきて、その拍子に勉強机から一枚の紙がひらりと床に落ちる。

「ん……？」

見覚えがなかった上に、紙がカラフルだったこともあって視線が奪われた。

その紙に妙に惹かれてしまい、身体を起こして手に取る。それは、今夜開催の花火大会のチラシだった。

「あ、れ……？」

そのチラシを見た瞬間に、誰かの声が聞こえた気がした。

『えっと、じゃあ……これ、行きたい』

その言葉と声が脳裏を過った瞬間、頭の中で欠けていたピースがハマっていった。

自身の記憶と〝ある少女〟の面影が紐づいて、鮮明に〝彼女〟の存在が蘇る。彼女の名前を想い出したのはそれと同時だ。

「――琴葉！」

〝愛しい人〟の名前を呼んでドアの方を振り返ると、そこには寂しげに笑う琴葉の姿があった。何かを諦めたような、でもそれを受け入れたかのような笑みだった。

琴葉の足元には、きゅーが擦り寄っている。彼女はずっと……海殊の後ろにいたのだ。

「お前……ずっと、一緒にいたのかよ」

海殊が言葉を絞り出すと、琴葉は相変わらず微笑んだまま頷いた。

その瞬間、海殊は自己嫌悪で死にたくなった。昨夜の誓い、いや、ここ数日彼女を想っていた自分を自分が全否定してしまったように感じてしまったからだ。自分自身を殴れるのなら全力で殴り飛ばしたかった。

「ごめん……ごめん琴葉！　俺、お前のこと忘れないって……昨日の夜誓ったばっかなのに！」

海殊は琴葉を抱き締めて、涙ながらに謝罪をした。自分が最低に思えてならなかった。最低だと彼女に罵倒(ばとう)してほしかった。

だが、彼女は柔和に微笑んだまま、首を横に振る。

「仕方ないよ……これは自然なことだから」

でも、と言葉を区切らせてから、琴葉は鼻を鳴らして海殊の胸に顔を埋めた。

「想い出してくれて……ありがとう」

涙声で、絞り出すようにして彼女はそう呟いた。海殊は自らも涙を流しながら、そんな彼女を力強く抱き締めてやることしかできなかった。

本当なら存在しないはずの声、身体、そして体温……きっと、そう遠くない未来に今朝と同じことが起こるのは明白だ。その時が来たら、祐樹達や春子のように、海殊も琴葉のことを綺麗さっぱりと忘れてしまうのである。その現実をまざまざと見せつけられた気がした。

「お前との……琴葉との、デートの約束の日なんだ。忘れて堪るかよ……一緒に花火見に行こうって、約束しただろ……？」

琴葉は啜り泣きながら、海殊のその言葉に何度も何度も「ありがとう」と言った。

しかし、何も礼を言われることではない。好きな子から花火大会に行きたいと言われて、それに一緒に行きたいと思っただけだ。高校生同士の惹かれ合う男女として、当たり前の約束をしたに過ぎない。きっと、今夜の花火大会に訪れる多くのカップルと同じ理由だ。その過程とその後に訪れる結果が、少し違うだけである。

それから夜の花火大会までは、ずっとふたりでくっついたまま過ごした。二度と見失わないようにしっかりと手を繋いで、ただ海殊の部屋でぼんやりと身を寄せ合う。

よくある質問で『もし世界が明日滅びるなら何をする?』というものがある。物語の中だけでなく、テレビ番組や日常の話題でもこのトピックはなくならないところを見ると、人類にとっての永遠の疑問なのだろう。

美味しいものを食べたい、お金を使い切りたい、映画や音楽などを見尽くしたい、趣味に没頭したい、家族と過ごしたい、恋人と過ごしたい……千差万別の答えがそこにはあるだろう。

しかし、それぞれが今思い浮かぶ答えをその日に実行しているかと言われると、謎である。

そんな中、海殊は答えを出せた気がした。

きっと、世界が滅びる最後の一日を、琴葉とこうして手を繋いで過ごすのだろう。何かを語るわけでもなく、何かをするわけでもない。ただその存在を感じ取っていたくて、最後の瞬間まで一緒にいたくて、彼女と身を寄せ合っているに違いない。

何故なら……今、ふたりはその世界の終わりを経験しようとしているのだから。

海殊と琴葉の世界は、もうすぐ終わる。それを、ふたりともが実感していた。

もしここにいる彼女の存在が消えてしまえば、おそらく海殊の記憶からは彼女が消える。そして、彼女の意識が完全に戻らぬものとなれば、彼女も海殊を想い出せないに等しい。ふたりの記憶から互いの記憶が蘇らないのであれば、それは死に等しいのではないか。

『人のアイデンティティはどこにあるのか？』

世界最後の日の問いと同じく、これもよく出る話題だ。海殊はその問いの答えも今見つけたように思う。

人のアイデンティティ……それは、記憶だ。

人は記憶があるからこそ、その存在を認知できる。誰かの記憶に残っているからこそ、アイデンティティを見出せるのだ。

もし、全ての人の記憶から消えてしまったならば、それこそが本当の意味の死なのではないだろうか。あらゆる人の記憶から消えた瞬間に、その人の存在は消えてしまう。

そして今、世界は彼女の記憶を消そうとしている。存在を消そうとしている。

海殊が出会った琴葉という女の子を……否定しようとしているのだ。

ふざけるなよ、ちくしょう！

海殊は琴葉の手を強く握って、手の感触と手のひらから伝わってくる体温を感じながら、部屋の天井を睨みつけた。

たとえ世界が琴葉を拒絶したとしても……俺だけは絶対に忘れない。こいつの存在を、消すわけにはいかない。俺にとって何よりも大切なこいつを……消されて堪るか！

一度手を離して、琴葉の小さな頭を自分の方に抱え込んだ。柔らかくてサラサラした髪の感触を脳裏に刻み込むために何度も撫でて、その香りをも忘れないように鼻腔へと流し込んでいく。琴葉はくすぐったそうにしていたが、海殊の方に身体を擦り寄せることで気持ちに応えてくれていた。

日が暮れるまで、ふたりはずっとそうして互いの存在を感じ合っていた。

「……似合ってる？」

琴葉は自分の姿を全身鏡で見ながら、海殊に訊いた。

そこには春子の浴衣を身に纏った琴葉の姿があった。淡い青色を基調とした、シャボン玉風の模様がある浴衣だ。

シャボン玉が描かれているものの、決して子供っぽくなく大人仕様なデザイン。白いうなじが妙に艶めかしくて、思わず固唾をのんでしまった。

「もう。ぼーっとしてないで何か言ってよ」

見惚(みと)れて言葉を失っていた海殊に、琴葉が呆れたようにして言った。

「ご、ごめん。あんまりにも可愛すぎてさ……」

「ほんと?」

「この世界に誓って」

「うわあ。海殊くん、ちょっと気障だよ」

そうして茶化しているものの、琴葉は顔を少し赤らめて嬉しそうにはにかんでいた。どうやらその気障な言い回しが気に入っているらしい。

「じゃあ、行こうか。高台まで少し距離があるから、そろそろ出ないと」

海殊は壁に掛けられた時計を見て言った。

先程調べた感じでは、穴場スポットである高台まではバス移動も含めて軽く一時間はかかりそうだ。

「忘れ物はないか?」

「うん」

琴葉が元気に頷いて、手に持った巾着袋を見せた。

この巾着袋も春子の浴衣セットの中に入っていたものだ。あとは、浴衣の色に合わせた草履を履けば問題ない。

草履を履いてから家を出る前に、きゅーが玄関まで見送りにきた。心なしか、寂しそうにみゃーみゃー鳴いている。

琴葉は一瞬泣きそうな顔になると、それを隠すようにきゅーを抱き上げて頬擦りした。

「元気でね……きゅーちゃん。ちゃんと海殊くんとも仲良くね？」

そして、涙声でそう呟く。それはまるで永遠の別れを感じさせる言葉だった。

海殊はその真意には気付いていたが、何も触れなかった。いや、触れたくなかった。

この幸せな時間が終わるなど、この期に及んでも信じたくなかったのだ。

別れを済ませた琴葉はきゅーをゲージに入れると、そっと海殊の手を握ってきた。

そのままふたりして、手を繋いだまま穴場スポットへと向かう。

道中の会話は何もなかった。

ただ迫りくる世界の終わりを覚悟するように、ただ死を待つように、その時を待つ。

こうして手を繋いでいられるのは、あと何時間くらいなのだろうか。それとも、もう一時間もないのだろうか。

海殊にはわからなかったが、琴葉の方は自分の身体のことなので何となくわかるのだろう。先程よりも繋がれた手に力が入っていた。

高台は本当に穴場というべき場所で、少し行き難い場所だった。バスで近くまでは行けるのだが、一〇分程は歩かなければならなかったのだ。

「足、大丈夫か？」

「うん、ありがとう」

琴葉の足場を気にしながら、ゆっくりと道を歩いていく。

バス停から歩くこと一〇分と少し、予定より少し時間がかかってしまったが、ようやくスマートフォンの地図マップが目的地の到着を告げた。

その場所はまさしく穴場スポットというべき場所だった。街を見渡せる高台にあって、山の中にある木々の隙間から花火の全景を見れる好立地。あまり知られていない場所のようで、周囲にも人がいなかった。まさしく、ふたりきりの場所だ。

「着いたね」

「ああ。打ち上げ時間にギリギリ間に合ったってところかな」

スマートフォンのデジタル時計は打ち上げ時刻の五分前を示していた。

海殊がシャツで汗を拭っていると、琴葉が巾着袋からハンカチを出して、海殊の首元に当ててくれた。

俺のことはいいから自分を、と言いかけて、彼女を見てその言葉を押し止める。

琴葉はもう、汗すらかいていなかったのだ。その涼しげな様子は彼女がこの世ならざる者であることを証明しているようでもあった。

「お水、飲む？」

巾着袋から小さなペットボトルを取り出して、訊いてくる。

海殊は「ありがとう」と言ってそれを受け取って半分ほど飲んでから返すと、彼女もそのペットボトルに口をつけてこくこくと飲んでいた。

その水を飲み終えると、巾着袋の中にペットボトルを仕舞ってから、もう一度海殊の手を握った。

「暑いね……」

そう呟く彼女は、どこまでこの蒸し暑さを感じているのだろうか。

その涼しげな横顔からは、もうそれさえもわからない。ただ、繋いでいる手からは熱が感じられた。

まだ彼女はここにいる。それは間違いなかった。

遠くから花火開始のアナウンスが聞こえてくると、琴葉が話し出した。

「私ね、夏ってほんとはあんまり好きじゃなかったの」

「え、何で？　水泳得意なんだろ？」

「水泳が得意だからって、夏が好きとは限らないよ」

琴葉は呆れたような顔をして、眉を下げた。

「それに、泳ぐのが得意だったってだけで、競技としての水泳が好きかっていうとそうじゃなかった気もするし」

だから高校は水泳部がないところに入ったんだと思う、と彼女は付け足した。

海殊達が通う高校にはプールがないので、水泳部どころか水泳の授業もない。高校では水泳を続ける気がなかったのだろう。

「で？　何で夏があんまり好きじゃなかったんだ？」

「だって、暑いんだもん」

そのままの理由過ぎて海殊がぷっと吹き出すと、琴葉もくすくす笑っていた。

「でも……今は夏が好き。こんな風に暑さを感じられるのも、暑いって思えるのも、それは意識があるからなわけで。本当の私は、もう暑さも寒さも感じられないから」

海殊が彼女の名を呼ぼうとした時に、花火が上がり始めた。

夏の夜空に火の華が打ち上がって、「わあ、始まったよ」と琴葉は感嘆の声を上げて海殊の方を向いた。その瞳は輝いていて、本当に夏が好きになったというのが伝わってくる。

「それに、好きな人と過ごせた夏は凄く素敵だったから。これで暑いのがやだって言ってたら、罰当たりだよ」

琴葉は穏やかに微笑んでから顔を伏せると、海殊の腕に自分のそれを絡ませた。

「海殊くんはね……私にとって救世主だったよ」

「大袈裟だな。俺はただの高校生だぞ」

琴葉は小さく首を振ると、「そんなことない」と花火をその瞳に映しながら言った。

「何の説明もなくこの世界に放り出されて途方に暮れてたところに、手を差し伸べてくれたんだもん。それからも親切にしてくれるし、困ってたら助けてくれるし……好きになるなっていう方が、無理だよ」

「俺だって、何の下心もなしに手を差し伸べたわけじゃないよ」

海殊がそう返すと、「そうなの？」と琴葉は少し驚いてから「それは……ちょっと嬉しいかも」とはにかんだ。

「初めておうちに行った時、本当は凄く緊張してたんだよ？　男の子の家なんて初めてだったし、おばさんにどう説明するんだろうとか、私は他の人に見えるのかなっていう不安とかもあったし……でも、おばさんも優しくて、あったかくて」

一瞬だけ言葉が途切れて、彼女が小さく鼻を鳴らした。

「それから毎日一緒に登校したのもね、ほんとは全然慣れなくて。毎日毎日、ドキドキしてた。もし海殊くんと出会ってたら、こうして海殊くんと高校生活送って、好きな本について語り合ってたのかなって思うと、それだけで嬉しくなったし、同時にもうその未来はないんだって思うと……すっごく寂しかった」

花火は今も夜空に華を咲かせていた。

どんどん、と低音が大気を震わせて、心臓までその振動が伝わってくる。

海殊は言葉を返さなかった。いや、返せなかった。何か言葉を発すると、それだけで泣いてしまいそうだったからだ。

琴葉が我慢しているのに、自分が泣くのはあんまりだ。それはかっこわるい。海殊は何とかそう自分に言い聞かせて、彼女の言葉に耳を傾ける。

「毎日一緒の家から出て、帰って、一緒に買い物に行って献立考えて……何だか、同棲カップルみたいだなって思って毎日私がドキドキしてたの、どうせ海殊くんは気付いてなかったんでしょ？」

「まあ……うん」

「鈍いもんね、海殊くん」

「ごめん」

本音を言うと、それは海殊も同じだった。

唐突に現れた下級生の女の子と一つ屋根の下で暮らすなど、誰が予想しようか。だが、その生活はドキドキと同時に満ち足りた何かを海殊にもたらしていたのも事実だった。物心がついてからずっと春子とふたりだけの生活をしてきたが、そこに初めて彩りが訪れたのである。

「海殊くんとの初デートも……すっごく楽しかった。ちゃんとプラン考えてくれてて、下見までしてくれて……一生懸命考えてくれてるのが伝わってきて、初めて手繋いだ時なんてほんとに幸せだったんだから」

後半になると、もう涙声になっていた。

鼻もぐずぐずいっていて、きっともう落涙寸前なのだろう。それを見ると海殊も我慢できなくなってしまうので、何とか花火を見てやり過ごす。

だが、いつしかその花火もぼやけ始めていて、夜空を彩る華を楽しむのも難しそうだった。

「川に飛び込んで助けにきてくれたのも、本当の私のことを知ってからも気付いてないふりしてくれてたのも、嬉しかったよ？　海殊くんと出会ってから毎日が幸せで、幸せだったから終わってほしくなくて……もっと海殊くんと一緒に過ごしたくなっちゃって」

琴葉の肩が震えて、俯いたまま繋いでいない方の手の甲で目元を覆う。

その様子を横目で見た時、海殊の瞳からも堪えていたものが零れ落ちた。

きっと、もう時間がないのだ。それは身体の持ち主である彼女が一番自覚しているのだろう。そんな彼女の気持ちが手のひらを通して伝わってくるのが、何よりも切なかった。

「海殊くんと一緒に海に行ってみたかった。ふたりで花火もしたかった。体育祭で海殊くんの応援したかった。文化祭も一緒に回りたかった。紅葉も見に行きたかったし、ハロウィンで一緒に仮装もしてみたかった。雪が降ったら一緒に遊んで、クリスマスは一緒にプレゼント選び合いっこしてケーキを食べて……他にも、バレンタインとかお花見とか……たくさん、したかったことあるのに！　もっともっと一緒に色んなことしたいのに！」

「琴葉！」

海殊は正面から向き合うと、彼女を力一杯抱き締めてその名を叫んだ。

もう我慢などできやしなかった。

悲泣（ひきゅう）しながら彼女を抱き締めて、ただその存在を感じることしかできなくて。そんな無力な自分が許せなくて、より一層腕に力が籠る。

「俺も同じだよ……！　俺だって、同じ気持ちなんだ。お前としたいことを並べれば、キリがない」

泣きじゃくる琴葉を抱き締めながら、海殊はそう彼女の耳元で言った。

何も特別なことなどなくて良かった。ただこれまでのように毎日を琴葉と過ごしたかった。毎日顔を合わせて、一緒に登校して、一緒にお昼休みや放課後を過ごして、どこかに出掛けたかった。それだけだ。それ以上のことなど何も望んでいない。

だが、もうそれすら叶わなくなる。

「海殊くん……好き、大好き……！　離れたく、ないよぉ……」

琴葉も海殊の背中に腕を回し、必死に気持ちを伝えてくれていた。

どうにもならない願い。離れないどころか、ただ好きでいることさえ許されない関係、否、いつ両者から互いの存在が消えてしまうのかわからない関係……それが海殊と琴葉の関係だった。

ふたりともそれがわかっていた。だからこそ抱き合いながら、涙に咽ぶことしかできなかったのだ。

夜空には今もたくさんの華が上がっていた。その低音とパチパチと火花を散らす音が、ふたりの悲痛な泣き声を掻き消していく。

それから三〇分ぐらい経過した頃、花火会場からはフィナーレのアナウンスがなされていた。

「次、最後だから……最後の花火くらい、一緒に見よ？」

琴葉は少しだけ身体を離して言った。

相変わらず涙声だが、少しは落ち着いている様子だった。

「そうだな……ってか、全然花火見てなかったな」

「ほんとだよ。花火見るためにここまで来たのに」

ふたりは泣きはらした顔で笑みを交わすと、花火が打ち上がる方角へと身体を向けた。

手はしっかりと繋がれたまま、夜空へと視線を送る。

「昨日の言葉、撤回するね」

花火が打ち上がる直前、琴葉が唐突にそう切り出した。

何を、と訊き返そうとして彼女の方を向いた時——海殊は言葉を失った。

そこにあったのは、あまりに綺麗な笑顔だったのだ。

きっと、どんなに凄い花火よりも綺麗で儚くて、この世界の『美しい』をどれだけ集めてもこの笑顔には劣るだろうと思えてしまう程の、笑顔。それはきっと、花火のように散る寸前だからそう見えてしまうのだろう。それを本能的に感じ取ってしまって、再び海殊の瞳からじわりと涙が込み上げてくる。

「私のことは……もう忘れていいよ」

彼女は瞳から涙を零しながら、こう続けた。

「大好きだよ、海殊くん。幸せになってね」

彼女がそう言った時に、最後の花火が上がった。そして、その花火が夜空に今夜一番の華を散らした瞬間——先程まで手の中に握られていたものがなくなって、ぽとりと何かが落ちる音がした。

「え……？」

咄嗟に隣を見ると、そこには〝誰か〟が持っていたであろう巾着袋だけが、地面に寂しげに取り残されていた。

周囲を見渡しても、人の姿はどこにもなかった。海殊はひとりで花火を見ていたのだ。

「あ、ああっ……」

それを認識した時、海殊はわけもわからず泣き崩れてその巾着袋を抱き寄せた。

自分の隣に誰かがいたことだけは、何となく覚えていた。その人のことがとても大好きで、とても大切で、きっとずっと一緒にいたいと思っていたはずだ。

だが、海殊の頭からはその人のことだけがすっぽりと抜け落ちていて、もう顔も思い出せなかった。

ただただ、悲しい。寂しい。その感情だけが海殊を襲い続けて、泣いている間に何が悲しいのかもわからなくなっていた。

夏休みの始まりの日は、〝何かが終わった日〟だった。

何が終わったのかはわからない。だが、海殊はその夜その場所に留まったまま、声が枯れるまで泣き続けた。

2

季節は移ろい、梅が咲き椿が咲くようになった。暦上は春であるが、桜の蕾はまだ固く、風には冬の冷たさが残っていた。幸い天候には恵まれていたようで、空は青く、新たな門出にはぴったりだった。

海殊は視線を空から校舎へと下ろすと、自然と校舎から垂れ下がった横断幕が視界に入ってくる。横断幕には『卒業式』の文字があった。

校庭の方を見てみると、卒業式を終えた生徒達で賑わっていた。泣いたり笑ったり、或いは抱き合っていたり、周囲には目もくれず校門へと一直線に向かったりと、生徒達の高校生活が各々異なるように、卒業式の迎え方も異なるようだ。

海殊はどちらかというと、一直線に校門へと向かうタイプだった。卒業という新たな門出と古巣への別れというイベントを前に、何となくクラスメイト達のテンションについていけず、温度差を感じてしまったのだ。

それは今日に限ったことではなかった。海殊はずっと、彼らと温度差を感じていた。

その理由はわからない。ただ、夏休みが始まった頃から感じていた喪失感は、季節を二つほど越えても未だ胸の中を燻っていて、何もかもが色褪せてしまっていた。

その喪失感を誤魔化すために、二学期に入ってからは人とよく関わるようにしていた。高校最後の文化祭にも積極的に参加したし、クラスの人達ともよく話していたように思う。だが——喪失感は拭えなかった。まるで胸にぽっかりと穴が空いたような空虚な気持ちからは逃れられず、虚無感に襲われ続けていた。

それは春が訪れようとしている今も変わらなかった。

「あ、ちょっと滝川！　待ちなさいよ」

昇降口から校門へと向かい始めた海殊を目ざとく見つけた大野留美が、海殊の方に小走りで駆け寄ってきた。いつもより少し強めに固められている巻き髪が、走る反動と共にぴょんぴょん跳ねている。

「ああ、大野か。どうした？」

「どうした、じゃないでしょ。祐樹や聡と一緒にあんたを探してたの。ってか、もう帰るつもりなの？　打ち上げは？」

「いや、別に俺がいてもいなくても変わらないかなって」

海殊は少し気まずくなって言葉を濁した。

朝の時点で、卒業式後の打ち上げにはクラスの皆から誘われていた。クラスでカラオケだか何だかを朝までやるから、と。ただ、どうにも気が乗らなかったので、こっそりこのままとんずらをこく気だったのだ。

　こうして誰かから遊びに誘われるのも、何だか随分久しぶりだ。夏前くらいまでは祐樹から頻繁に誘われていた記憶があるが、二学期以降は受験もあったせいか、全然だった。

「相変わらずノリ悪いねー、あんた。文化祭の打ち上げもそんな感じで参加しなかったじゃん」

「そうだったっけか？」

　海殊は敢えてすっ呆（とぼ）けて見せた。大野はそんな海殊を一瞥すると、大袈裟に溜め息を吐いてから、ぽかりと賞状筒で海殊の頭を叩いた。

「いてーな。何すんだよ」

「しっかりしなよ。そんなんだから受験でミスるんじゃん」

「ミスってねーから。……一般入試では」

　海殊はやや気まずくなってそう付け足すと、大野留美から視線を逸らした。

　彼女は悪戯っぽく笑って、海殊の顔を覗き込んだ。

「じゃあ、推薦では？」

「うるさいな。ご存知の通り、ぐだりまくって落ちたよ。だからその後必死こく羽目になったんだろ」

そうなのだ。海殊は秋口にあった推薦入試で失敗し、その後に一般入試に切り替える羽目になった。

もともと推薦は狭き門として落ちる可能性も考慮していたので、勉強はしていた。ただ、もし事前に一般入試も見据えてなければ、今頃もっと陰鬱な卒業式を迎えていただろう。

「意外よねー。あんたが推薦落ちるとは思わなかった。先生もびっくりしてたもんね」

「いや、あれは落ちて当然だったと思うよ」

海殊は自嘲的な笑みを見せて、肩を竦めた。

筆記の小論文も酷かったし、その後の面接もぐだぐだだった。自分でも酷かったと思う。

ただ、夏休み終わりは情緒不安定で正直受験どころではなかった。親からは鬱か何かかと心配された程だ。そんな状況だったので、結果は案の定だった。

そこからは一般入試に向けて必死に勉強した。推薦に落ちて尻に火がついたのもあったが、謎の虚無感や喪失感を誤魔化すには受験勉強が打ってつけだったのだ。どちらかというと、虚無感や喪失感から逃れるために勉強をしていたと言っても過言ではない。

その甲斐あって、とりあえず進路は確保できた。まだ国立大学の入試結果は出ていないが、自己採点では合格ラインに達していたし、滑り止めの私立大学にも合格している。

「それで、ほんとに来ないの？　また祐樹と聡がうるさいよ？」

「だろうな……でも、やめとこうかな。近々引っ越すから、荷造りだけはしておきたくてさ」

まだ引っ越し先決めれてないけどな、と海殊は微苦笑を浮かべた。

どのみち、進学先が決まっていないことには引っ越しもしようがない。ただ、進路が決まり次第すぐに引っ越せるようにはしておきたかった。

「引っ越し？　大学、都内じゃなかったっけ？　家から通えるじゃん」

「まあ、そうなんだけど……色々あってさ」

海殊は気まずそうに言葉を濁した。一人暮らしをしたい理由はほぼほぼ海殊のわがままで、あまりそれを人には話したくなかったのだ。

そんな海殊の心情を読み取ったのか、大野は「別に何でもいいけどさ」と眉を下げて続けた。

「一人暮らし始めたら、教えなよ。祐樹達と一緒に遊びに行ったげるからさ。あ、入り浸ってあげよっか」

「勘弁してくれ。たまに遊びに来るくらいならいいけど」

そんなやり取りをしながらも、どうして大野とはこんなに話すようになったんだっけな、と記憶を巡らせる。

二学期が始まった時には、大野留美は当たり前に海殊や祐樹、聡のグループにいた。海殊自身もそこに違和感を抱いたことなどなかったし、当たり前に彼女と話して当たり前に冗談を言い合っていたように思う。彼女のおかげで高校最後の数カ月は笑いが絶えなかった。

だが、一学期の頃はそうではなかったはずだ。現に、一学期に彼女と話した記憶は殆どない。それなのに、梅雨が終わった頃にはこんな感じで話すようになっていた。どのタイミングで彼女と仲良くなったのか、思い当たる記憶がさっぱりないのである。

きっと、大野留美も同じことを考えていたのだろう。会話が途切れた時、彼女は唐突に海殊にこう尋ねた。

「ねえ、滝川。前から疑問だったんだけどさ……あたしらって、何で話すようになったんだっけ？　一学期の終わりくらいに確か話し始めたのは何となく覚えてるんだけど、切っ掛けが思い出せないんだよね」

「さあ、何でだっけか。実は、俺もちょうど同じこと考えてた」

「ウケる。あたしらどっちも記憶障害じゃん」

「かもな」

互いに乾いた笑みを浮かべて、視線を逸らした。そこに何とも言えない気持ち悪さが残っていたからだ。

「でもさ……ううん、やっぱ何でもない。じゃあね」

「いや、最後まで言えよ」

大野留美が何かを言い掛けたまま立ち去ろうとしたので、思わず海殊は呼び止めた。

彼女は振り返って「変に思わない？」と前置いてから、言葉を紡いだ。

「勘違いしないでほしいんだけど、別にあんたらと過ごすのが嫌ってわけじゃないし、楽しいっちゃ楽しいんだけどさ……何か〝足りない〟気がするんだよね」

彼女の言葉に、海殊は目を見開いた。

実のところ、海殊もずっと同じ感情を抱いていたのだ。大野や祐樹、聡と一緒に過ごす時間は、海殊にとっては高校生活の最後を彩る唯一のものであった。しかし、そこには得体のしれない不足感がずっと漂っていた。

海殊自身その不足感が何なのかわからなかったので、言葉にしたことはなかった。ただ、大野留美が放った次の言葉で、その不足感が明白になる。

「あたしらって、本当に四人だっけ？」

「えっ……？」

「いやいや、ごめん。何言ってんだろね、あたし。今のはナシ！　忘れて」

大野留美は居心地悪そうに笑って、賞状筒で自身の頭を叩いていた。割と強めに。

彼女の言った言葉は、夏以降に感じていた海殊の違和感や喪失感とも合致するものだった。

そう……海殊はずっと、隣に誰かがいた気がしてならなかったのだ。

昼休みを祐樹達と過ごしていても、家で春子とご飯を食べていても、いつの間にか飼っていた子猫のきゅーと遊んでいても、それは同じだった。その感覚に陥る度に謎の喪失感と虚無感に襲われて、どうしようもない気持ちになってしまう。夏以降、海殊はずっとそんな現象に襲われていたのだ。

「まあ、祐樹とかにはテキトーに上手く言っとくからさ。あいつらに見つかる前に帰りなよ。見つかったらうるさいだろうし」

「助かるよ。ありがとう」

大野の気遣いに感謝を伝えると、彼女は「どういたしまして」と背中を向けたまま賞状筒を横に振って校舎内へと戻っていった。

「……足りない、か。この足りない感じ、一体何なんだろうな」

校舎を見上げると、『卒業式』と書かれた横断幕は冷たい春風に吹かれてぱたぱたと揺れていた。

暫くじっと見つめるが、もちろんその横断幕が答えを教えてくれることはなかった。

＊

「はあ……今日からここが俺の家になるのか」

海殊はがらんとした部屋を眺めて、そう独り言ちた。

先程引っ越し業者に荷物を運んでもらい、新たな住処に荷運びを終えたところだ。新たな住処といっても、それほど大層なものではない。どこにでもある、六畳一間でロフト付きのワンルームアパートだ。

無事志望していた国立大学への入学が決まり、それを期に大学の近くで一人暮らしを始めることになった。駅から徒歩一〇分と少し離れているが、近くにコンビニもある。閑静な住宅街にあることから、快適な暮らしが待っているのは間違いなさそうだ。

大学は実家からそれほど離れているわけではなかったので、通えないこともなかった。だが、春子には無理を言って、二年でいいから一人暮らしをさせてほしいと頼み込んだ。

人生経験として一人暮らしをしておきたい、大学の一年と二年は必修科目が一限に集中していることから大学の近くに住みたい、などと色々なそれらしい理由を述べると、春子は意外にも簡単に承諾してくれた。条件は一つだけで『週に一度は家に帰ってくること』だった。

「ほんとは……もうちょっと帰る頻度を減らしたいんだけどな」

そう漏らすも、わがままを通してもらっている手前、条件を飲むしかない。

海殊が一人暮らしをしたかった理由は、朝の早起きが不安なことでもなければ、人生経験のためでもなかった。

ただ、家から少し離れたかったのだ。生まれてから十八年暮らしてきたあの家にいるのが、急に辛くなってしまったのである。

理由はよくわからない。家が嫌いなわけでも、母親が鬱陶しいわけでもなかった。強いて言うなら、家のところどころにある〝身に覚えのないもの〟が原因と言えるかもしれない。

親子諸共(もろとも)いつ買ったのか記憶にない可愛らしい小物の数々や、ファンシーな洗面台のグッズ、それにいつからか飼い始めていた猫のきゅー……それらを見ていると、何故か寂しさと悲しさを感じてしまうようになっていたのだ。

不思議なことに、それらの小物を捨てようとは思わなかったし、猫のきゅーもいつしか懐くようになっていたので、可愛らしく思っていた。

ただ、何故かそれらを見ていると、時折とてつもなく悲しくなって、泣きたくなってしまうのだ。そう思ってしまう原因については全く心当たりがないにもかかわらず。

ただ、あの家を辛く思う明確な原因があるわけではない。少しの間家から離れればそれらの感情を抱かなくなるかと思い、一人暮らしを申し出たのである。無論、そんな理由までは春子には言えやしないのだけれど。

「さて、と……んじゃ、さっさと荷解きしますか」

積み上がった段ボールを見て、もう一度溜め息を吐く。

それほど荷物は多くないにせよ、この荷解きというものは面倒だ。どこに何を置くか、ということを考えながら出していかないといけないため、ただ段ボールに詰めれば良いだけの荷造りよりも遥かに面倒臭い。

「祐樹達に手伝いに来てもらえばよかったな。どうせ春休み暇してるんだろうし」

段ボールのガムテープを剝がしながら、まずは物を出していく。荷造りの時に面倒になって適当に詰め込み過ぎて、どこに何が入っているのかさっぱりわからなかった。

　ちなみに祐樹や聡、大野留美もそれぞれ別々の大学に進学する。今はまだ大学が始まっていないのでやり取りを頻繁にしているが、来月になればきっとそれも殆どなくなるのだろう。

「えーっと？　これはここで、フライパンは……」

　段ボールから調理器具を出していって、ふとフライパンを見て手が止まった。

「……今日、チャーハンでも作るか」

　ふと、何故かそんなことを思ってしまう。

　これも自分の中で不思議なことだった。海殊はあまり料理が得意な方ではないのだが、ことチャーハン作りにかけては何故か上手くなっていたのだ。

　いつどこでチャーハン作りを学んだのかさえ、記憶にない。だが、春子も絶賛する程の腕を自分でも知らない間に身につけていたのである。海殊自身も、外で食べるチャーハンよりも自分のものの方が美味しいとさえ思っている。

「何か、夏ぐらいから不思議なことが増えたよな」

　家の至る所で身に覚えのない小物の数々が増えたのも、きゅーが飼われていたのも、チャーハン作りが上手くなったのも、全て夏休みが始まるかどうかといった時期の出来ことだ。

そして、不思議と言えば、海殊自身にも不思議なことがあった。なんと、花火大会にひとりで行って、穴場スポットである高台で泣いていたのである。春子によると、その前日にも海殊は終業式をサボってひとりでキャンプ場のコテージに泊まっていたのだという。

確かにそのコテージにひとりで行った記憶はあるのだが、どうして終業式をサボってまで行こうと思ったのか、動機が全くの不明だった。振り返ってみれば、昨年の七月の自分の行動はあまりにも謎が多い。

「あー……これは本か。また本棚に並べ直すの面倒だよなぁ」

海殊は大きく溜め息を吐いて、本がぎっしりと入った段ボール箱を見下ろした。

本棚に関してはそのまま実家から持ってきているので、中身を詰め込むだけだ。ただ、順番などや読み直す本、そして大学に入ってから使うであろうスペースなどを考えながら詰めるとなると、これまた面倒な作業だった。

「引っ越し、もうしたくないなぁ……」

自分から言い出したくせに、早速後悔している海殊である。

段ボールの中の本を一冊一冊、作者名や作品名を見ながら並べていく。その際、ふと一冊の本が目に留まって、海殊は「あっ」と声をあげた。

それは『記憶の片隅に』という映画化された小説だ。昨年の夏に公開され、映画館にわざわざ見に行ったのである。

あれ……？　ひとりで見に行った、んだよな？

ふとその時の記憶を探っていると、隣に誰かがいた気がしなくもない。それと同時に、ドキドキしていた心地良い鼓動を少し思い出す。

「いやいや、こんな恋愛映画を一緒に見に行く友達いないし……って、あれ？」

そう自分にツッコミを入れて、その本を本棚に入れようとした時である。一切れのメモ用紙が本の隙間からはらりと落ちた。

メモ用紙を手に取ってみると、そこには病院名と病室が書いてある。誰かの手書きだが、誰の文字かはわからない。少なくとも海殊や春子の字ではなかった。

「鷹野病院って、ここの近くじゃないか」

メモに書かれていた病院は、海殊が住むアパートから歩いて二〇分もしないところにある大きな病院だ。

ただ、そんなことはどうでもよかった。自分の人生には関係ないはずの病院である。

そんなメモ書きがどうして本に挟まれていたのだろうか。

それに、このメモを見てから妙な胸のざわつきを覚えていた。うなじのあたりの毛穴が広がって妙にぴりぴりして、不自然にそわそわしてくる。

それと同時に、何か大切なことを忘れている感覚が襲ってきた。昨年の夏以降によく陥っていた感覚だ。

気付けば海殊は、そのメモを財布に入れて部屋を飛び出していた。

何を忘れているのか、そしてこの病室に誰がいるのかはわからない。ただ、居ても立っても居られなくなってしまって、身体が勝手に動き出していた。

それはまるで、身体の全ての細胞がここへ行けと自分に命じているようだった。

目の前に大きな病院が聳え立っていた。

鷹野病院は救急医療などには対応していない、療養型の病院だ。療養型の病院は長期的な治療を目的としており、何年も入院する人が多い。寝たきりの患者を受け入れる施設でもあるという。

海殊の知り合いには寝たきりの人などいないので、到底自分に関係がある場所とは思えなかった。

だが、本の中にここのメモ書きがあった。『記憶の片隅に』の本は新品のものを買った上、誰かに貸した記憶もないので、赤の他人のメモ書きが混ざっているとは考えにくい。おそらく自分に関する誰かが、この病院の中にいるのだ。

その記憶はない。だが、何故か胸の高鳴りが収まらなかった。緊張感と高揚感が同居していて不思議な気持ちだ。海殊自身が、ここに自分に関する誰かがいるのだと教えてくれているようにも思えた。

海殊は一度深呼吸をしてから、鷹野病院に足を踏み入れた。

院内案内の看板を見ている限り、建物は大きいが棟がいくつもあるわけではない。療養病棟へ行って、メモ書きにある病室に行くだけで済みそうだ。

行って知らない人だったらどうする？

今更ながら、躊躇する。さすがに誰がいるのかわからない病室に行くのは緊張が過ぎる。

だが、せっかくここまできたのだ。病室の前の名札だけでも見れば、知人かどうかくらいわかるだろう。

メモには五〇三号室と書かれていたので、エレベーターで五階に向かう。

エレベーターには、誰かのお見舞いに来たであろう親子と一緒に乗った。入院施設独特の色んなものが混ざった臭いが、エレベーターの中に入ると一気に濃くなる。

五階に辿り着くと、親子の父親の方が『開く』のボタンを押してくれていたので、海殊はぺこりと頭を下げて先に降りた。

廊下では入院患者達が点滴を携えたまま歩いていたり、看護師さんが歩き回っていたりと忙しない。病院慣れしていないこともあって、海殊はその光景に思わずたじろいでしまった。

名札を見るだけ、見るだけ……。

そう自分に言い聞かせつつ、若干挙動不審ながらも病棟内を進んでいった。五〇三号室は建物の端っこの方らしいので、その分緊張が長引く。すれ違うお婆さんがどういうわけか会釈をしてくれたり、ご丁寧に看護師さんも「こんにちは」と挨拶してくれたりするものだから、その度に不審人物と疑われるのではないかと冷や冷やした。

もっとも、他の患者さんや看護師さんからすれば、海殊が誰のお見舞いにきたのかなど知る由もないのだが、それでも慣れていないのだから緊張はしてしまう。

そうして遂に五〇三号室の前に辿り着いて、ドアの横のネームプレートを恐る恐る見やると……その瞬間、ごくりと自分が固唾をのんだのがわかった。

そこにあった名前は——柚木琴葉。女性の名前だった。

女性、なのか……？　でも、何でこの名前に既視感があるんだ？　それに、何なんだ……この変な感じは。

何故かその名前を見ただけで海殊は泣きそうになってしまった。胸がぐわっと熱くなって、口元が震えている。

そのネームプレートを見たまま立ち尽くしていると、病室入り口扉の曇りガラス窓に人影が近付いてきて、ガラガラと引き戸が開けられた。

病室から出てきたのは、春子と同じくらいの年齢の女性だった。綺麗な女性だ。だが、顔はやつれ、どこか疲れている感じがする。おそらく病室の前で立ち竦んでしまっていたのが中からも見えて、不審に思って出てきたのだろう。

「あの、どうかしま――あら！」

引き戸を開けて目が合った瞬間、海殊が言い訳を考えるより早くにその女性は顔を輝かせた。疲れて薄まった顔色に、少し生気が戻ったようにも思える。

「滝川さん、でしたよね？　お見舞いに来て下さったんですね……！」

その女性は柔和に微笑むと、「どうぞ」と部屋へ入るよう促してくれた。

何かがおかしい、と海殊は感じた。海殊からすれば、この女性は初対面のはずだ。しかし、この女性は海殊を知っていた。そして、ここの場所を知っていて当然というように接している。病室の場所も、この中に誰がいるのかも海殊が知っていて当然と言わんばかりだ。

「あ、あの……」

「ああ、いいんですよ。気なんて遣わなくて。お見舞いに来てくれただけで嬉しいんですから。それにしても、去年の夏以来ですから、随分久しぶりですね！」

海殊の困惑を他所に、その女性は話し続けた。思ったより口数が多く親しげなので、戸惑いを隠せない。

しかし、これだけはわかった。海殊と彼女は、話したことがあるのだ。

少なくとも、彼女は海殊がここに来たことを心から喜んでくれていた。それは間違いない。

「あ、もう卒業式は終わったんですよね？　娘も同じ日に高校を卒業できたら良かったのですが」

「むす、め……？」

その言葉に、どくんと心臓が大きく高鳴って、次の瞬間はっとする。

記憶の片隅に、嫣然とした笑みを浮かべている可愛らしい女の子が一瞬だけ映ったのだ。この女性と同じ青み掛かった瞳をしていて、黒髪の可愛らしい女の子。その子が自分の名を呼んでいる気がしたのである。

「是非顔も見てやって下さい。ちょうどさっき髪を洗って顔も拭き終わった後なので、男の子に見られても大丈夫だと思います。滝川さんが知っているこの子とは少し変わってしまっているかもしれませんが」

今も可愛らしい寝顔をしてるんですよ、とその女性は微笑んだ。

促されるままに病室に入ると、海殊は恐る恐る奥へと進んで行く。

そして、海殊の視界に入ってきたのは――病床で横たわったままの少女だった。長い黒髪の少女は眠ったまま、胸を上下させてすーすーと小さく寝息を立てている。

「あっ……あぁっ……」

声にならない声が、海殊の口から漏れていた。初めて会うはずの少女なのに、初めてではないと身体が覚えていたのだ。

昨年の夏から、何かが欠けているような日々を送っていた。虚無に近い感情を抱いていた。その正体が彼女だったのだ。

自分の人生から彼女が欠けていて、だからこそ何をしても満ち足りなかった。彼女を見た瞬間に、それを確信してしまったのである。

ふらふらとした足取りで、海殊はベッドに近づいていく。そして、顔を覗き込んだ瞬間、頭の中で何かが弾けた。

『私のことは……もう忘れていいよ』

少女の涙声と共に最後の言葉が蘇って、失われていた記憶がフラッシュバックしていく。彼女との色々な想い出が、まるで映画の回想シーンの如く頭の中を駆け巡った。

雨の日の公園で少女が佇んでいたこと、困っていたその少女を放っておけずに家に連れ帰ったこと、それから数週間だけ一緒に暮らしてデートもしたこと、一緒に嵐の日の川に飛び込んで子猫を助けたこと、ふたりきりで外泊をして星空の下でキスをしたこと、そして最後にふたりで花火を見たこと……その全てを想い出したのである。

どうして実家に海殊の知らぬ小物がたくさんあったのか、どうして子猫を飼っているのか、どうしてそれらを見ると悲しくなるのか、どうしてチャーハンに限って作るのが上手くなっていたのか、それはもはや明白だった。彼女との想い出がそこにあったからだ。

この子とは確かに初めて会ったはずだ。だが、海殊はこの子を知っていた。知っていて当然なのだ。

海殊が大好きで、人生で初めて誰かを愛していると実感できた人なのだから。

「琴葉……琴葉ぁッ！」

彼女の名を口にした瞬間、海殊は泣き崩れた。

「琴葉、ごめん……ごめん！」

眠っている彼女の手を取って、ただ彼女の名を呼んで謝ることしかできなかった。

「俺、絶対に忘れないって誓ってたのに……琴葉！」

忘れないと誓ったはずだった。だが、彼女が消えた瞬間に全てを忘れていた。

それはもしかすると、本来なかったことだからかもしれない。彼女はあの場にいるはずがなくて、彼女と過ごした日々も本来あり得ないものだったのだから。

だが、それでも忘れたくなかった。たとえまやかしでも、幻でも、琴葉を好きだったことには変わりないのだから。

「え、滝川さん⁉　どうし――」

いきなり見舞いにきた娘の同級生が泣き崩れたので、琴葉の母・明穂も慌てたのだろう。しかし、海殊に駆け寄ったその時、明穂は不自然に言葉を詰まらせた。

「嘘……⁉」

明穂が愕然として呟いたので、海殊も怪訝に思って顔を上げて彼女の方を見た。

「琴葉が、涙を……！」

明穂は信じられないというような顔をして、手を震わせて琴葉を指さした。

その指先を追って琴葉の方を見ると、眠ったままのはずの彼女の頬に、涙が伝っていた。無論、まだ意識が戻っているわけではない。だが、海殊が来たことで、彼女にも何かが伝わったのだ。

「ああっ、琴葉！　琴葉！」

明穂が縋り付くようにして、ベッドに横たわる娘に抱き着いて感泣した。

それはもはや大号泣に近いものだった。娘の回復を信じて疑わず、諦めようとしなかった明穂の苦労が報われた瞬間でもあったのだ。

そこからはふたりで喜びの涙を流して……という状況にはならなかった。いきなり病室から大きな声と泣き声が聞こえてきたので、慌てて看護師が駆け込んできたのだ。

そして、涙している琴葉を見るや否や看護師も大慌てで医師を呼んで、すぐに緊急検査の流れとなった。てんやわんやのまま琴葉は検査室に連れて行かれてしまい、感動の再会はそう長くは味わえなかったのだ。

海殊は明穂と一緒に、琴葉の検査結果が出るのを検査室の前で待っていた。その間、明穂が昨年にあったことを少しだけ話してくれた。

昨年の夏以降から一切琴葉の脳波に反応がなくなってしまって、もう回復の見込みは絶望的だと医師から告げられたそうだ。それは奇しくも、夏の花火大会があったあの日だった。

しかし、明穂は娘の回復を諦められなかった。夏に唐突に家を訪れた『娘に好意を抱いた』と告げた同級生のためにも諦めたくなかったし、不慮の事故のせいで娘の未来が完全に閉ざされてしまうなど、認めたくなかったのだという。

「明穂さん。メモ書き、残してくれてありがとうございました。それと……来るのが遅くなってすみません」

「滝川さん……？」

「俺、明穂さんからもらった病室のメモ書きを見つけるまで、いや、実際には目の前で琴葉を見るまで、全部忘れてしまっていたんです。琴葉との想い出も、記憶も……琴葉と過ごした時間も、全部。最後の花火が上がった瞬間にあいつが消えて、そこから全部忘れてしまってて……絶対に忘れないって、誓ってたのに」

悔しさで、手のひらに爪が食い込んだ。

どうしてこれまで想い出せなかったのだろうか。どうしてメモ書きを見るまで、ピンと来なかったのだろうか。いや、そもそもどうしてあれほど愛していた人を簡単に忘れてしまったのだろうか。そんな悔恨の念に襲われてしまっていた。

家には子猫のきゅーもいるし、琴葉の物もある。大野留美が抱いていたような不足感もずっと持っていた。想い出してもよかったはずなのに、全く想い出せなかったのだ。それが悔しくて堪らなかった。

明穂は海殊の言葉から何かを察してはっとすると、すぐに顔を綻ばせた。そして、握り込まれた海殊の拳をそっと自らの手のひらで包み込み、こう言ったのである。

「ふたりは……会っていたんですね。ここじゃない、どこかで」

それはまるで現実的ではない言葉だ。だが、海殊の今の言葉から、明穂はそれを確信しているようだった。

「……はい」

海殊は少しだけ躊躇したが、もう隠す必要はないかと思い、話すことにした。

きっと、他の誰かに話しても絶対に信じてもらえないし、何なら海殊の頭の心配をされるだろう。だが、この奇跡を前にした明穂ならば、それを疑うような真似はしないと思ったのだ。

「ほんの数週間だけでしたけど、あいつと一緒の時間を過ごしていました。一緒に学校に行ったり、デートをしたり、花火を見に行ったり……去年の夏は、たくさん琴葉と想い出を作ったんです」

「そうだったんですね。納得です」

明穂は微笑んでから、小さく頷いた。

「もしよかったら、聞かせてくれませんか？　あなたの知る娘のことを。もちろん、話せる範囲で構いませんから」

「はい、是非！」

それから海殊は検査が終わるまでの間、琴葉との想い出について話した。

明穂はその話を真剣に聞いてくれていた。相槌を打ちつつ時折驚き、時折笑い、そして涙ぐみながら。

海殊の知る琴葉は明穂の知る琴葉よりも積極的だったようで、彼女は随分と驚いていた。自分に残されていた時間が少ないことを何となく察していた琴葉は、後悔がないように生きようと思ったのだろう。いや、最後の最後まで、彼女は『生きる』ということを諦めなかったのかもしれない。だからこそ、記憶からは消えても海殊の中で琴葉は生き続け、今日という奇跡を起こしたのだ。

それから数時間を経て、検査結果が出た。

検査結果は『植物状態からの回復の見込みあり』。それを聞いた瞬間、海殊と明穂がもう一度泣き崩れたのは言うまでもない。

検査室から戻ってきた琴葉は既に涙も収まり、またすやすやと安らかな寝息を立てながら眠りについていた。いつもより顔色が良いと明穂が言っていたので、本当に回復の兆しが見えてきたのだろう。その確信が海殊にも持てた。

「あの……俺、これからも見舞いに来ていいですか？　琴葉が目覚めるまで、できるだけ毎日来たいんです。俺にできることがあれば、何でも手伝います」

「滝川さん……ええ、もちろんです。宜しくお願いしますね」

明穂は迷わず海殊のその願いを聞き入れた。

きっと彼女も、自分と同じ願いを持つ者に出会えたことが嬉しかったのだろう。暗く疲れ切っていた表情に、輝きが戻ったように思う。

こうして、この日を境に海殊の新しい生活は、予想もつかない形で開幕した。

消えてしまった女の子との日々を想い出し、その女の子との想い出を作り直す日々が始まろうとしている。

琴葉がいつ目覚めるのか、それは誰にもわからない。半年後なのか、一年後なのか、それとも三年後なのか、五年後なのか。それはきっと、途方もない時間だろう。

　それでも海殊は、ずっと琴葉が目覚めるまで待ち続けようと思っていた。そうでなければ、彼女と過ごした日々を想い出した意味がないからだ。

　明穂が渡してくれたメモを見つけて、吸い寄せられるようにしてこの病院に辿り着いた。それはまるで、琴葉に誘われているようでもあった。

　いや、違う。

　記憶にないどこかで、海殊自身がそれを望んでいたのだ。

　それは『この世界が琴葉を拒絶したとしても、彼女と過ごした夏は絶対に忘れない』という強い想いと誓い。その二つが、こうした奇跡を生んだのである。

　思い返してみれば、奇跡は過去に何度も起きていた。そもそも、琴葉と過ごしていたあの夏そのものが奇跡に他ならない。

　ここまで来れたら、もう何だってできる気がした。

　そして、彼女が目覚めるという確信も持っていた。眠ったままの琴葉の手を握っていると、彼女の手のひらからその未来を感じ取れたのだ。

　海殊が少し手を握ると、それに応えるようにして指がほんの少しだけ動く。海殊の決意に彼女が応えようとしてくれているかのようで、それだけで嬉しかった。

「なあ、琴葉。俺、待ってるからさ。目覚めて元気になったら……また楽しい想い出たくさん作ろうな」

琴葉の寝顔に、そう語り掛ける。

その時の彼女の寝顔は、ほんの少しだけ微笑んでいるかのようだった。

これまでは、奇跡に頼りきっていた。この奇跡は琴葉が起こしたのか、或いは人ならざるものが起こした奇跡なのかはわからない。

だが、こうして再会できて、記憶も戻ったのならば……後はもう、海殊と琴葉の問題だ。

少ないながらにできることをやって、海殊は琴葉の回復を信じて待つしかないし、彼女もきっとそれに応えようと頑張ってくれるに違いない。

その日が訪れるまで、何日でも何カ月でも何年でも待とう。

海殊はその安らかな寝顔に、そう誓ったのだった——。

終章

夢を見ていた。

白くぼんやりとしていて、あやふやな夢だ。

これは今に始まったことではない。少女はずっと、こうした夢を見ているのだ。

その夢は時折現実と混じっているようにさえ感じて、どこまでが夢でどこからが現実だったのか、彼女にはわからなかった。

ただ、一つだけ言えることがある。

それは、とても幸せな夢を見た、ということ。

少女は夢の中で、恋をしたのだ。

そこは少女の知る時代よりも数年ほど進んだ世界で、同級生と恋に落ちた。

その夢では、彼女は毎日男の子と学校に行き、お昼を食べて、同じ家に帰って、ご飯を食べた。デートもしたし、ふたりきりで外泊した時は星空を見上げてキスをした。

そして、最後は——ふたりで花火を見ながら別れた。

ほんの数週間程度の出来事だ。だが、彼女が失っていた数年分を補うに足りる程、濃縮された時間だった。そこには、彼女が走りたかった青春があったのだ。

たとえ夢の中といえども、その駆け抜けた青春と恋だけは忘れまいと強く念じる。

白くてぼんやりとした靄が自らの意識を覆い尽くそうとしたが、彼女はその恋の夢だけは忘れぬようにと記憶の引き出しに大切に仕舞った。

肌が少し暑さを感じたり、寒さを感じたりしていた。きっと、季節が変わっているのだろう——彼女は白い靄の中でそんなことを考えていた。

ただ、その寒さが過ぎた頃に、少しだけ変化が起きた。彼女の手を、誰かが握ったのだ。それは、いつも彼女の身体に触れる手とは少し異なっていた。

優しくて、あたたかくて、大好きな手だった。

おそらく〝この身体〟で触れるのは初めての感触。だが、不思議とその手には覚えがあった。その理由は、きっとその手の感触と温かみにある気がした。

それは、彼女が夢の中で触れたことがある手とそっくりだったのだ。

その手を通じて、色々な感情が彼女の中に流れ込んできた。悲しさと申し訳なさ、そしてそれを勝る嬉しさ……それらがその手を通じて流れてきた瞬間、白くてぼんやりとした靄がほんの少しだけ薄くなった気がして、確かな自らの感情を感じたのである。

それは、喜びだった。

もう会えないと思っていた人に会えたという感覚だろうか。或いは、憧れだった人を初めて目の前にした感覚に近いのかもしれない。

そのどちらかはわからない。ただ、彼女はその手のひらから伝わってくる感情に、心が震える程の喜びを感じた。

それからも、その手の温もりは度々彼女の手のひらを覆ってくれていた。

少しずつ……少しずつその靄が薄れていっているのを感じて、遂には耳元の声まで聞こえるようになった。

母の声と、少年の声が遠くの方から聞こえてくる。内容まではわからない。

ただ、その少年の声を彼女は知っていた。知っているはずのない声なのに、彼女は知っていたのである。

それは、夢の中で彼女が恋をした少年の声だった。夢の中で毎日彼女が話して、彼女への気持ちを語ってくれた声だ。

その声が近付いてくる度に彼女の意識から白い靄が取り払われて、〝夢の中の記憶〟も鮮明になっていく。

ぼやけていっていた彼の顔や表情、夢の中の出来事さえもはっきりと見えてくるようになっていた。

その少年の名は、滝川海殊という。彼女と同じ高校に通っていた、同級生である。

当時、彼女は海殊のことを知らなかった。だが、不可思議な経験を通して、〝夢の中で〟彼と仲を育んでいったのだ。

会いたい……！　海殊くんに、会いたい……！

意識が戻ってくるにつれて、自らの想いと願望をしっかりと思い浮かべられるようになっていた。その気持ちを明確に自覚できるようになってから、白い靄は更に薄まっていく。

前までは足元どころか自分の身体さえも見えない程、靄に覆い尽くされていた。だが、今は違う。前が見えるのだ。

少女は意を決して、歩き始めた。

光が見える方へ。より靄が薄まる方へ。

どれだけの日々を歩き続けたのかわからない。

何日だろうか。何週間だろうか。何カ月だろうか。それはわからなかったが、前に進んでいる感覚だけはあった。

徐々に肌が気温を感じられるようになってきて、それはいつかの暑さを思い出す。

彼と過ごした季節だ。

耳元で語り掛けられる声も、随分と近くなってきた。彼女が心から好きだと感じた人の声だった。その声が自分の名を呼んでくれていたのだ。

その声をすぐ近くで感じられるようになった時、白い靄は消えていた──。

＊

遠くの方からミンミン蝉の鳴き声が聞こえてくる。

遠くで鳴いているはずなのに、今の彼女にとってはそれはとても近いように感じた。

何かの音をこれほどしっかりと聞けたのは、随分と久しぶりだ。

それと同時に、身体にはじっとりとした暑さを感じた。空調は入っているのだろうが、それでも暑い。身体の右側から、じんわりとした熱を感じる。こうした暑さを〝この肌〟で感じたのも、随分久しぶりだった。

「ん……んっ」

声が漏れた。自分の喉から出た声だ。二文字だけの呻き声なのに、えらく億劫だった。喉がからからだ。

「──葉？　おい、琴葉！」

誰かが自分の名を呼んでいた。

それは少年の声だった。その声の主が彼女の手を強く握ってくれていたのだ。

ああ……この手だ。

彼女は確信した。

この手があったから、今自分はここにいるのだ、と。ここまで来れたのは、きっとこの手の温もりが道を示してくれていたからだ。

彼を見たい。早く会いたい。

そう思うのに、長い間閉じられたままだった瞼がやたらと重くて、持ち上がってくれない。一体どれだけこの身体の筋肉は弱まっているのだ、と呆れた程だった。

重かった瞼が、少しずつ開いていく。

視界がぼやけていて、焦点が合わない。だが、そのぼやけた視界の中には少年がいた。

まだよく見えない。しかし、そのシルエットだけで誰だかわかってしまう。それは、彼女が心から会いたいと思っていた人で間違いなかったからだ。

視界が完全に開けて、しっかりと彼を見る。

彼女が知っている彼よりは、ほんの少しだけ大人びたように思える。高校生の私服ではなく、大学生という感じだ。

だが、彼に間違いなかった。ここにいる彼は、彼女が夢の中で共に過ごした彼に他ならない。

少年――いや、青年は『信じられない』といった表情で愕然としながらも、その瞳を涙で潤ませていた。心配そうで、でもどこか不安そうで、それ以上に嬉しそうだった。

きっと、自分のことを覚えているのかどうか不安なのだろう。だが、それ以上に目覚めたのを喜んでくれているようにも思えた。

そんな彼を見て、あれは夢じゃなかったんだ、と確信を持つ。この青年こそ、彼女の夢を共有している唯一の人物にして、彼女が心から愛した人だ。

それを理解した瞬間に、今度は瞳から溢れ出る涙で再び視界がぼやけてしまった。

「もう……どうして居るの？」

彼女は声と肩を震わせながら、会いたかったその人に向けて、精一杯の笑顔を作ってみせる。

「忘れていいよって……言ったのに」

彼女がその言葉を言い終えたのと、彼が覆い被さるようにして抱き着いてきたのはほぼ同時だった。

薄めの毛布から、鉛(なまり)のように重い自分の両腕を何とか持ち上げて、泣きじゃくる彼の背中にその両腕を回す。

温かかった。彼女が夢の中で感じていたその体温と、ようやく触れ合えたのだと実感できた。

窓の外を見やると、そこには夏の青空が広がっていた。

彼と出会って、愛を育(はぐく)んだ季節だ。

これから先、自分の人生がどうなるのかはわからない。

だが、彼と一緒ならば乗り越えていける。到底抜け出せるとは思えなかった、あの白い靄の中からも抜け出せたのだから。

少女はそんな確信を持って、こう言った。

「大好きだよ、海殊くん。これからふたりで……幸せになろうね」


（了）

あとがき

ノンストップ・エンターテインメント――そんな言葉を知っていますか？　言うなれば『一度読み始めれば止まらない』という意味の言葉です。

恋愛とはそもそもノンストップな性質があるので、それを題材に小説を書けば自ずと読み始めれば止まらなくなるものになると思っています。読者の皆様が活字を追いながら自分のことのようにドキドキワクワクして頂けたのならば、これ以上のことはありません。もし本作のようなノンストップ・エンターテインメントが気に入って頂けましたら、小説投稿サイト【スターツ出版文庫byノベマ！】に『君との軌跡』という作品もありますので、そちらも読んで頂ければ嬉しいです。

恋愛小説とは、その主人公やヒロインの人生を描くものだ、と僕は思っています。恋をしていると、良いこともあれば悪いこともあって、当然乗り越えなければいけない壁も出てきます。人生も同じですね。

ですが、そうした恋物語や人生は別に、小説の主人公やヒロインにだけ特別に与えられたものではありません。これを読むあなたも、恋をした時から立派な恋愛小説の主人公です。

辛い選択を迫られる時もあるでしょう。泣きたくなる現実を突きつけられる時もあるかもしれません。ですがその時、海殊のように『物語の主人公ならどうするか？』と少し客観的に考えてみて下さい。するときっと、『理想とする自分』の決断が下せるかと思います。あなたはあなたの物語の主人公。海殊や琴葉のように、自らの人生を精一杯生きて下さい。この小説があなたの背中を押す作品になれば、とても嬉しいです。

願わくば、いつかまた別のかたちで、海殊と琴葉のその後をお知らせすることが叶いますように。と、ここでこっそりと祈りの言葉を添えておきます。

もし皆さんもその物語を読みたいと思って頂けましたら、ぜひ出版社宛に手紙を送ってみたり、レビューを投稿してみたりして下さいませ。あなたの想いが形になれば、あなたの望んだ未来が訪れる……かもしれません。笑

最後に、装画を担当して下さった堀泉インコ先生、素敵な表紙をありがとうございました。そして、担当編集Sさんと編集協力Nさん、おふたりの御蔭で作品のクオリティが格段に上がりました。この場を借りて、御礼申し上げます。

それではまた、別の作品のあとがきでお会いできますように。

二〇二三年四月　桜舞う七里ヶ浜より　愛をこめて

九条　蓮

この物語はフィクションです。実在の人物、団体等とは一切関係がありません。

九条 蓮先生へのファンレターのあて先
〒104-0031　東京都中央区京橋1-3-1　八重洲口大栄ビル7F
スターツ出版（株）書籍編集部 気付
九条 蓮先生

夏の終わり、透明な君と恋をした

2023年4月28日　初版第1刷発行

著　者　九条 蓮　

発 行 人　菊地修一
デザイン　カバー　岡本歌織（next door design）
　　　　　フォーマット　西村弘美
発 行 所　スターツ出版株式会社
〒104-0031
東京都中央区京橋1-3-1　八重洲口大栄ビル7F
出版マーケティンググループ　TEL 03-6202-0386
（ご注文等に関するお問い合わせ）
URL　https://starts-pub.jp/

印 刷 所　大日本印刷株式会社

Printed in Japan

ISBN　978-4-8137-1424-8　C0193

スターツ出版文庫　好評発売中!!

『5分後に世界が変わる』

隣の席で補習を受ける気になる男の子は幽霊？（『十分間の夏休み』）踏切の前で自殺を試みる私の前に現れたのは死神？（『死に際の私』）もらったラブレターの差出人は最先端のAI？（『FROM.AI』）など、全作品気になる展開にあっという間の5分！　そして、ぶわっと泣けて、うわっと驚き、最後はさらなる予想外の結末！　主人公の状況が、考えが、そして世界が、180度反転する。どこから読んでも楽しめる、朝読、通学や通勤、就寝前、あなたのすき間時間に没頭できる全16編の超短編小説を収録！

ISBN978-4-8137-1413-2／定価737円（本体670円+税10%）

『きみが明日、この世界から消えた後に～Nanami's Story～』　此見（このみ）えこ・著

病弱な七海は、ずっと幼馴染の幹太に支えられてきた。だけどいつしか幹太といると、自分が弱い人間だと思い知らされるようで、息苦しくなっていき――。そんな中、七海の前に現れたのは、同じように病に苦しんだ過去のある卓だった。沢山のことを病気のために諦めてきた七海に「もし明日死ぬとしたら、それでも諦める？」と、卓が背中を押してくれて…。七海は徐々に新しいことに挑戦するようになるが、その矢先、体調を崩し倒れてしまい――。七海の隠された想いに、ラスト涙が止まらない、青春感動作！

ISBN978-4-8137-1410-1／定価671円（本体610円+税10%）

『鬼の生贄花嫁と甘い契りを四～偽りの花嫁と妖狐たち～』　湊（みなと）祥（しょう）・著

出会った日から変わらずに鬼の若殿・伊吹に花嫁として一心に愛される凜。ある日、商店街の福引きで旅行券を当てて、妖狐が住まう九尾島へ行くことに。旅先で凜がひとりになったときに、たまたま迷子の幼い妖狐と出会う。凜が助けようとすると、追手に誘拐されてしまい、目覚めるとそこは巨大地下空間だった――。地下に囚われ、なんと首謀者は自分が鬼の花嫁だと偽る謎の存在で…⁉　なんとか逃げ出そうと奔走する凜のもとに伊吹が現れ…「俺の花嫁は絶対に渡さない」超人気和風あやかしシンデレラストーリー第四弾！

ISBN978-4-8137-1411-8／定価704円（本体640円+税10%）

『黒狼の花贄～運命の血を継ぐ少女～』　結木（ゆのき）あい・著

妖の好む血を持つ香夜は、妖に捧げられるためだけの存在・『花贄』として疎まれ虐げられ育った。ついに生贄として捧げられるその日、香夜の前に現れたのは妖の頂に立つ冷酷な黒狼・識。麗しく色気溢れる男だった。生贄として血肉を喰らわれ死ぬ覚悟する香夜。しかし、「もう大丈夫だ。お前を迎えに来た」と識は愛でるように優しく香夜に触れ、求め、愛を露わにして――。生まれて初めて触れる識のあたたかな感情に香夜もまた、惹かれていく…。和風シンデレラファンタジー。

ISBN978-4-8137-1412-5／定価693円（本体630円+税10%）

スターツ出版文庫　好評発売中!!

『卒業　君がくれた言葉』

学校生活に悩む主人公を助けてくれた彼との卒業式を描く（『君のいない教室』蒼山皆水)、もし相手の考えが読めたら…と考える卒業式前の主人公たち（『透明な頭蓋骨』雨)、誰とも関わりたくない主人公が屋上で災いのような彼と出会い変わっていく姿を描く（『君との四季』稲井田そう)、卒業式の日に恋人を亡くした歌手を目指す主人公（『へたっぴなビブラート』加賀美真也)、人の目が気になり遠くの学校に通う主人公が変わっていく姿を描く（『わたしの特等席』宇山佳佑)。卒業式という節目に葛藤しながらも前を向く姿に涙する一冊。

ISBN978-4-8137-1398-2／定価704円（本体640円+税10%)

『余命半年の小笠原先輩は、いつも笑ってる』　浅原ナオト・著

大学一年生のわたしは、サークルで出会った三年生の小笠原先輩が余命半年であることを知る。“ふつう”なわたしは、いつも自由で、やりたいことをやりたいようにする小笠原先輩に憧れていた。そんな小笠原先輩は自分の“死”を前にしても、いつも通り周りを振り回し、笑わせて、マイペースで飄々としているように見えたけれど……。「死にたくないなあ」ふたりに特別な想いが芽生えるうちに、先輩の本当の想いが見えてきて――。笑って、泣ける、感動の青春小説。

ISBN978-4-8137-1399-9／定価715円（本体650円+税10%)

『鬼の花嫁　新婚編二～強まる神子の力～』　クレハ・著

玲夜の溺愛に包まれ、結婚指輪をオーダーメイドして新婚を満喫する柚子。そんなある日、柚子は龍と撫子から定期的に社にお参りするようお願いされる。神子の力が強まる柚子はだんだんと不思議な気配を感じるようになり――。また、柚子と同じ料理学校の芽衣があやかしに絡まれているのを見かけ、思わずかくまってあげて…⁉　一難去ってようやく待ちに待った新婚旅行へ。「柚子、愛してる。俺だけの花嫁」文庫版限定の特別番外編・猫又の花嫁同棲編収録。あやかしと人間の和風恋愛ファンタジー新婚編第二弾！

ISBN978-4-8137-1397-5／定価671円（本体610円+税10%)

『捨てられた花嫁と山神の生贄婚』　飛野 猶・著

没落商家の三笠家で、義理の母と妹に虐げられながら育った絹子。義母の企みにより、山神様への嫁入りという名目で山の中に捨てられてしまう。そこへ現れたのは、人間離れした美しさをまとう男・加々見。彼こそが実在しないと思われていた山神様だった。「ずっと待っていた、君を」と手を差し伸べられ、幽世にある彼の屋敷へ。莫大な資産を持つ実業家でもある加々見のもとでお姫様のように大事にされ、次第に絹子も彼に心を寄せるようになる。しかし、そんな絹子を妬んだ義母たちの魔の手が伸びてきて―⁉

ISBN978-4-8137-1396-8／定価682円（本体620円+税10%)

スターツ出版文庫　好評発売中!!

スターツ出版文庫　好評発売中!!

『君が永遠の星空に消えても』　いぬじゅん・著

難病で入院している恋人・壱星のために写真を撮る高2の萌奈。いつか写真の場所にふたりで行こうと約束するが、その直後彼は帰らぬ人となってしまう。萌奈は、流星群が奇跡を運ぶという言い伝えを知り「どうかもう一度だけ会いたい」と願う。すると――壱星が元気な姿で戻ってきた。みんなの記憶からは彼が死んだ事実は消え、幸せな日々を取り戻したかのように見えたふたり。けれど、壱星のよみがえりにはリミットがあると知って…。二度目のさよならの瞬間が迫る中、萌奈が見つけたふたりの再会した本当の意味とは――？

ISBN978-4-8137-1370-8／定価704円（本体640円+税10%）

『死にゆく僕が、君に嫌いだと告げるまで』　加賀美真也（かがみしんや）・著

心臓に重い病を患った優太は、幼馴染の天音に想いを寄せていた。天音と過ごしている間だけはつらい現実を忘れられ、イラストレーターになるという彼女の夢を応援する優太。一緒に過ごしながら、ふたりは互いへの想いを再確認していく。しかし優太の命は着実に終わりへと近づいていき…。「嫌いだよ」誰よりも愛おしい存在を守るために優太は嘘をつく。だが、嘘をついていたのは優太だけではなかった。「――聞いて。私はまだそこにいる」訪れる別れのとき、優太は天音の真意を知ることになる。

ISBN978-4-8137-1373-9／定価660円（本体600円+税10%）

『龍神と許嫁の赤い花印二～神々のための町～』　クレハ・著

龍神の王である波琉の伴侶として認められたミト。村の一族から虐げられていた牢獄のような日々から抜け出して早三日、龍花の町で波琉の腕の中、ミトは幸せに包まれていた。ミトは龍花の町の学校に入学し、憧れの高校生活を夢見ていたけれど…。学校では花印を持つ皐月や、ありすの登場で、ミトの身に怪しい影が近づき――。「ミトの大事なものは全部守るよ」と颯爽と波琉が現れて…!?　シリーズ累計100万部突破の『鬼の花嫁』著者の最新作和風ファンタジー。

ISBN978-4-8137-1372-2／定価638円（本体580円+税10%）

『鬼の若様と偽り政略結婚二～花嫁に新たな求婚～』　編乃肌（あみのはだ）・著

花街の下働きから華族の当主の女中となった天涯孤独の少女・小春。病弱なお嬢様の身代わりに、女嫌いで鬼の血を継ぐ高良のもとで三か月だけ花嫁のフリをするはずが、「俺の花嫁はお前以外考えられない」と求婚され、溺愛される日々。しかし、家柄や身分を気にする高良の父に、小春は結婚を反対されてしまう。そんな中、鬼を生む“鬼物”が巷を騒がす事件が起こり、高良は鬼火で事件から小春を守るが…。事件で出会った祓い屋・佐之助が、なぜか小春をずっと恋い慕っていたと、高良へ恋敵宣言までし始めて――!?

ISBN978-4-8137-1371-5／定価660円（本体600円+税10%）

書店店頭にご希望の本がない場合は、書店にてご注文いただけます。